Jürgen Kehrer

Wilsberg und die Malerin

Kriminalroman

grafit

Der Autor

Jürgen Kehrer wurde 1956 in Essen geboren. Nach einem Studium und Erfahrungen im Journalismus lebt und arbeitet er als freiberuflicher Schriftsteller in Münster. Im Grafit Verlag sind siebzehn Kriminalromane von ihm lieferbar, in nun fünfzehn Geschichten ermittelt der sympathische, unter chronischem Geldmangel leidende Privatdetektiv Georg Wilsberg. Außerdem publizierte Jürgen Kehrer Sachbücher über realen Mord und Totschlag sowie vier historische Kriminalromane (Waxmann Verlag).

Drei Kriminalromane, in denen Kehrer Georg Wilsberg in der guten und weniger guten Gesellschaft der katholischen Bischofsstadt Münster schnüffeln lässt, wurden schon vom ZDF verfilmt *(Und die Toten läßt man ruhen, In alter Freundschaft* und *Das Kappenstein-Projekt)*, zwei sind in Vorbereitung *(Der Minister und das Mädchen* und *Wilsberg isst vietnamesisch)*. Daneben führt Wilsberg im Fernsehen aber auch ein Eigenleben: Mehrere weitere Wilsberg-Krimis sind auf Zelluloid gebannt, die nicht auf Romanvorlagen basieren. Verkörpert wird der Fernseh-Wilsberg, der für die Samstagabend-Krimireihe im ZDF ermittelt, von Leonard Lansink.

Antisemitismus, also das war nie ein Thema. Bei uns nicht, nein, wirklich nicht. Ich hab da wirklich ein entspanntes Verhältnis.

Jörg Haider

Liebe potenzielle Kläger, dies ist ein Roman. Handlung und Figuren sind frei erfunden, Übereinstimmungen mit tatsächlichen Begebenheiten und realen Personen, also auch mit euch, daher reiner Zufall.

I

Tedel van Haaksbergen war so blass wie der wolkenverhangene Julitag, der die Felder und Bäume neben der Straße aussehen ließ, als seien sie mit einem Grauschleier überzogen.

»Geht's Ihnen gut?«, fragte ich besorgt.

Der Kunsthistoriker guckte geradeaus und schluckte angestrengt. »Ja. Danke.«

Wir waren auf dem Weg ins Venner Moor, um ein Bild abzuholen. Ein Gemälde, genauer gesagt, das einem Zürcher Bankdirektor vor einigen Wochen gestohlen worden war. Die Diebe hatten dem Bankdirektor das Bild zum Rückkauf angeboten und er hatte eingewilligt. So etwas kommt häufig vor. Auf dem offenen Kunstmarkt lassen sich gestohlene Bilder nicht verkaufen. Entweder man hat einen Abnehmer, der sich heimlich an der illegalen Kunst erfreut, oder man einigt sich mit dem rechtmäßigen Besitzer und seiner Versicherung.

Eigentlich ein Routineauftrag, zumindest für einen erfahrenen Privatdetektiv wie mich. Aber ich hatte nun mal keine Ahnung von Kunst. Dafür war Tedel van Haaksbergen zuständig. Er arbeitete als Wissenschaftler am Kunsthistorischen Institut der Westfälischen Wilhelms-Universität und sollte die Echtheit des Gemäldes prüfen. Der Bankdirektor hatte ihn, ebenso wie mich, telefonisch engagiert. Und so saßen wir jetzt zusammen in meinem Wagen und fuhren zum Venner Moor.

Van Haaksbergen rutschte tiefer in den Sitz und schluckte erneut. Sein vor Aufregung schweißfeuchtes

Gesicht ließ mich um seinen Kreislauf und die Erfüllung unseres Auftrags fürchten. Die Vorauszahlung des Bankdirektors war überaus großzügig gewesen. Doch was sollte ich machen, wenn der Kunsthistoriker kollabierte, bevor er das Gemälde zu sehen bekam? Vermutlich war er kriminellen, gewaltbereiten, zu allem entschlossenen Menschen bisher nur in Fernsehfilmen oder im Kinosaal begegnet. Falls überhaupt. Seine zarten Gesichtszüge, die wenigen, sorgfältig geföhnten Haare und die Designerhornbrille sprachen dafür, dass er sich lieber höhergeistigen Genüssen zuwandte.

»Schauen Sie mich nicht dauernd an!«, knurrte van Haaksbergen.

»Entschuldigung«, sagte ich. »Ich frage mich, ob Sie das durchstehen.«

»Achten Sie lieber auf die Straße!«

Tatsächlich hätte ich fast das Schild übersehen, das mich zum Bremsen zwang. Auf der rechten Seite, etwas abseits des Kappenberger Damms, auf dem wir nach Süden fuhren, bildeten die Gebäude des Alexianer-Krankenhauses eine Trutzburg für psychisch Kranke, die in ihrer abgeschotteten Welt lebten. Einige alte Männer, offenbar Patienten, standen aufgereiht an einer Bushaltestelle. Ich zweifelte daran, dass sie auf den Bus warteten. Wahrscheinlich genossen sie einfach das Gefühl, nur eine Fahrkarte vom wirklichen Leben entfernt zu sein.

Als das Krankenhaus im Rückspiegel auftauchte, beschleunigte ich wieder. Auf der rechten Seite erstreckte sich jetzt ein Wald. Am Ende der schnurgeraden Fahrbahn sah ich schon die Brücke, die über den Dortmund-Ems-Kanal führte. Dahinter begann das Venner Moor.

»Halten Sie mal an!«, würgte van Haaksbergen.

Ich fuhr auf den Standstreifen und stoppte. Van Haaksbergen lief gebückt zum Wald und kotzte den erstbesten Baumstamm voll. Ich schaute auf die Uhr. Noch eine Stunde bis zum vereinbarten Treffen mit den Kunstdieben. Irgendwie musste ich es schaffen, dass der Kunsthistoriker seine Nerven in den Griff bekam. Den Job in den Sand zu setzen wäre einfach zu ärgerlich gewesen. Wer wusste, ob sich die Diebe auf ein weiteres Treffen einließen und der Bankdirektor mir eine zweite Chance einräumte.

Ich stieg aus und steckte mir einen Zigarillo an. Van Haaksbergen spuckte immer noch. Ich wartete, bis er seinen Magen komplett entleert hatte, bevor ich zu ihm hinüberging.

Er wischte sich den Mund mit einem Taschentuch ab. »Lassen Sie mich in Ruhe!«

»Hören Sie!«, sagte ich. »Das ist völlig normal. Als ich das erste Mal in eine gefährliche Situation kam, habe ich auch gekotzt.« Das war zwar gelogen, aber es baute ihn hoffentlich auf.

»Ach ja?« Er richtete sich auf. »Und inzwischen sind Sie ein eiskalter Hund geworden, was?«

»Quatsch. Ich bin genauso nervös wie Sie. Beinahe zumindest.«

»Ich kann das nicht«, jammerte er. »Für so was bin ich nicht geeignet. Ich werde Gessner das Honorar zurücküberweisen und fertig.«

»So kurz vor dem Ziel?«, protestierte ich. »Das wäre doch verrückt.«

»Wollen Sie es schriftlich, Herr Wilsberg? Ich mache nicht mehr mit.«

»Wir haben noch Zeit genug«, versuchte ich ihn zu

überreden. »Lassen Sie uns einen kleinen Spaziergang machen!«

Er schaute auf meinen Zigarillo und würgte erneut. »Zuerst werfen Sie das Ding weg!«

»Okay, okay.« Ich trat den Zigarillo auf dem Waldboden aus. »Kommen Sie!«

Widerstrebend folgte er mir in den Wald hinein. Ich wollte ihn zum Reden bringen und suchte nach einem Thema. Das einzige, das mir einfiel, hing mit unserem Auftrag zusammen.

»Was ist das eigentlich für ein Bild, das wir abholen sollen? Ich weiß nur, dass es von Bernhard Pankok stammt.«

»Kennen Sie Pankok?«, fragte er zurück.

»Nein«, gab ich zu.

»Da sind Sie nicht allein. Dabei war Pankok zu seiner Zeit ein großer Künstler. Übrigens in Münster geboren. Er war vom Jugendstil geprägt, von der Idee des Gesamtkunstwerks. Er hat als Maler, Grafiker und Architekt gearbeitet, er hat Möbel, Kostüme und Bühnenbilder entworfen. Ein Universalkünstler. Über dreißig Jahre lang war er Direktor der Stuttgarter Lehr- und Versuchswerkstätte, der späteren Kunstgewerbeschule. Er stand auf einer Stufe mit Künstlern wie Henry van de Velde, Hermann Obrist oder Walter Gropius. Doch während sich die anderen auf ihre speziellen Begabungen konzentrierten und zum Beispiel als Architekten berühmt wurden, blieb Pankok allen Kunstrichtungen treu. Deshalb und weil er öffentlichkeitsscheu war und kein Marketing betrieb, wie man heute sagen würde, ist er nach seinem Tod schnell in Vergessenheit geraten.«

Es funktionierte. Van Haaksbergen hatte sich warm geredet. Sein Gesicht bekam sogar etwas Farbe.

»Wann hat Pankok gelebt?«, fragte ich, um den Faden nicht abreißen zu lassen.

»Von 1872 bis 1943. Er ist, wie gesagt, in Münster geboren, hatte aber kein besonders inniges Verhältnis zu seiner Heimatstadt. In Münster herrsche eine pfäffische Atmosphäre, erzählte er einem Freund. Das hing wohl auch mit den Schwierigkeiten zusammen, unter denen er seine erste Frau Toni heiratete. Toni war bereits als Nonne eingekleidet und lebte in einem holländischen Kloster. Wegen einer Krankheit verbrachte sie Weihnachten 1899 in Münster und verliebte sich in Pankok. Tonis Familie war entschieden gegen die Verbindung, Toni wurde sogar enterbt. Trotzdem heirateten die beiden 1901 in München, wo Pankok seit einigen Jahren arbeitete.«

»Sie wissen ja gut über Pankok Bescheid«, lobte ich ihn.

»Natürlich. Ich habe ein Buch über ihn geschrieben. Deshalb hat mich Herr Gessner ja ausgewählt.«

Van Haaksbergen blieb stehen und sah plötzlich wieder unglücklich aus.

»Und das Bild?«, fragte ich schnell. »Was stellt es dar?«

»Das interessiert Sie doch nicht wirklich«, schnaubte van Haaksbergen verächtlich. »Sie wollen mich nur ablenken.«

»Nein. Ganz und gar nicht«, widersprach ich.

»Sie müssen wissen, dass unter den zahlreichen Talenten Pankoks die Porträtmalerei wahrscheinlich das herausragendste war.« Der Kunsthistoriker setzte sich erneut in Bewegung. »Als Grafiker war Pankok Jugendstilkünstler, als Maler eher Impressionist. Das gilt vor allem für die Landschaftsdarstellungen, bei den Porträts gibt es gelegentlich sogar expressionistische Momente, was die Farbkomposition und die Hintergrundgestaltung angeht.«

»Aha«, sagte ich.

Van Haaksbergen schaute mich kurz an. »Entschuldigung. Ich will Sie nicht überfordern.«

»Keineswegs«, beruhigte ich ihn. »Ich war sogar schon mal in einem Museum.«

Er grinste. »Großartig.«

»Reden Sie ruhig weiter«, schlug ich vor.

»Nun, Pankok hat hunderte von Porträts gemalt, hauptsächlich von sich selbst, von Familienmitgliedern, Verwandten und Bekannten. Die Bilder blieben überwiegend in Familienbesitz, auch ein Grund für Pankoks mangelnde Akzeptanz. Manchmal hat er allerdings Auftragsarbeiten ausgeführt. Es gibt wunderschöne Bildnisse von Graf Zeppelin, Karl Ernst Osthaus und eben Dr. Walter Egli.« Van Haaksbergen musterte mich erwartungsvoll.

»Das Bild, um das es geht«, schlussfolgerte ich.

»Richtig.«

»Über den Daumen gepeilt: Wie viel ist es wert?«

Er legte seine Stirn in Falten. »Zehntausend, vielleicht fünfzehntausend Euro.«

»So wenig«, wunderte ich mich. Die erste Summe entsprach dem Honorar, das mir Jean Gessner zugesichert hatte, wenn ich das Bild unbeschadet in Zürich ablieferte. Hinzu kam noch einmal der gleiche Betrag, den ich in bar und gebrauchten Scheinen in der Tasche hatte und den Dieben aushändigen sollte. Was van Haaksbergen erhielt, wusste ich nicht, aber für weniger als ein paar tausend Euro hatte er sich sicher nicht in dieses Abenteuer gestürzt. »Warum ist Gessner dann bereit, so viel Geld für das Bild zu zahlen?«

»Familiengeschichte«, lächelte der Kunsthistoriker. »Walter Egli ist der Großvater von Gessners Frau. Pankok hat ihn 1937 während seines Aufenthalts am Zürichsee porträtiert. Egli war damals Direktor der Privatbank *Egli & Schaaf.*«

»Seine eigene Bank? Das ist ja praktisch, wenn man mal einen Kredit braucht.«

Van Haaksbergen grunzte verächtlich. »Ihr Humor ist geradezu unterirdisch.«

Bei unserer Wanderung durch den Wald hatte ich darauf geachtet, dass wir uns kreisförmig bewegten, und so stießen wir jetzt, kaum fünfzig Meter von meinem Wagen entfernt, wieder auf die Landstraße. Die Schritte meines Begleiters wurden zögerlicher.

»Was meinen Sie?«, fragte ich fröhlich. »Bringen wir es hinter uns?«

»Ich weiß nicht.« Die Selbstsicherheit, die er während seines Vortrags ausgestrahlt hatte, war wie weggewischt.

»Das Ganze ist eine Sache von fünf Minuten«, versprach ich. »Sie werfen einen Blick auf das Bild, ich gebe den Dieben die Kohle und schon sind wir wieder weg.«

»Wie oft haben Sie so etwas gemacht?«, fragte van Haaksbergen.

»Drei Mal«, log ich. »Und immer ist es gut gegangen.«

Er seufzte. »Na schön. Hoffentlich werde ich es nicht bereuen.«

Wir hatten den Wagen auf dem Parkplatz abgestellt und gingen über einen der befestigten Wanderwege. Am Wochenende schoben sich Prozessionen von Spaziergängern durch das Venner Moor, doch an diesem Dienstagnachmittag war das Naturschutzgebiet fast menschenleer. Allerdings nicht unbelebt, denn Schwärme von Blut saugenden Insekten nahmen dankbar zur Kenntnis, dass sich wenigstens zwei Warmblüter in ihren feuchten Lebensraum verirrt hatten.

Van Haaksbergen wedelte heftig mit der Hand. »Wer hat sich bloß diesen Treffpunkt ausgedacht?«

»Die Diebe«, nuschelte ich mit geschlossenen Lippen, um keine Mücke zu verschlucken.

»Sadisten«, maulte der Kunsthistoriker.

Ort der Übergabe sollte eine verfallene Hütte sein, die sich nördlich des größten Feuchtgebiets und unweit des Dortmund-Ems-Kanals befand. Nachdem ich die Detailkarte studiert hatte, nahm ich an, dass die Bilddiebe über einen Versorgungsweg kommen würden, der sich am südlichen Kanalufer entlangschlängelte, den längeren Fußmarsch vom Parkplatz aus hatte ich nur gewählt, weil ich sie nicht verschrecken wollte.

»Da drüben!« Ich zeigte auf die dachlosen Überreste einer Holzhütte.

»Ich sehe niemanden«, sagte van Haaksbergen enttäuscht.

»Sie werden erst einmal abwarten und uns beobachten.«

»Ich hoffe, das dauert nicht ewig, ich bin schon völlig zerstochen.«

Wir erreichten die Hütte.

»Warum werden Sie eigentlich nicht gestochen?«, fragte van Haaksbergen vorwurfsvoll. In seinem Gesicht blühten etliche rote Pusteln.

»Mücken mögen mein Blut nicht.«

»Sie Glückspilz.« Er schaute sich um. »Was wissen Sie über die Typen, mit denen wir zu tun haben?«

»Nicht viel.«

»Na toll! Ich dachte, das gehört zu Ihrem Job.«

»Der Kontakt lief über Gessner«, erwiderte ich. »Er hat mit ihnen verhandelt und den Treffpunkt vereinbart.

Seiner Meinung nach werden es vermutlich zwei sein, eher Amateure als Profis.«

»Ist das gut oder schlecht?«

»Kommt drauf an.«

»Worauf?«, fragte er.

»Amateure werden schneller nervös, Profis sind skrupelloser.«

Van Haaksbergen kaute auf seiner Unterlippe. »Warum habe ich mich nur von Ihnen überreden lassen?«

»Für solche Überlegungen ist es jetzt zu spät.«

Aus den Büschen, die zwischen der Hütte und dem Kanal standen, löste sich eine Gestalt.

»O Gott!«, murmelte der Kunsthistoriker. »Was trägt er da vor dem Gesicht?«

»Eine Maske«, sagte ich. »Damit wir ihn nicht erkennen können. Das ist doch vernünftig.«

Van Haaksbergen machte einen Schritt zur Seite. »Ich verschwinde.«

»Das werden Sie nicht!« Ich schnappte nach seinem Handgelenk und zog ihn grob zurück. »Stellen Sie sich verdammt nochmal nicht so an!«

»Sie tun mir weh.« Sein Gesicht war wieder so bleich wie eine leere Leinwand.

»Ist das klar?«, herrschte ich ihn an.

»Ja. Ist ja gut. Ich bleibe. Lassen Sie mich los!«

Ich ließ ihn los.

Der Mann, denn es handelte sich offensichtlich um einen Mann, kam langsam näher. Die Gesichtszüge der Maske wurden deutlicher.

»Joschka Fischer«, sagte ich. »Unser Bilddieb ist ein Grünen-Anhänger. Das spricht für eine pazifistische Einstellung.«

»Sehr witzig«, zischelte van Haaksbergen.

Etwa fünf Meter vor uns blieb Fischer stehen. »Es sollte nur einer kommen«, klang es dumpf durch die Maske. »Wer von euch ist Wilsberg?«

»Ich bin Wilsberg«, meldete ich mich.

»Und wer ist der andere?«

»Ein Kunsthistoriker. Er wird die Echtheit des Bildes prüfen.«

Der Mann hinter der Maske schien lautlos zu lachen. »Glauben Sie wirklich, wir würden so ein Scheißbild kopieren?«

»Da ich das Scheißbild nicht kenne, hat Gessner so entschieden. Haben Sie damit ein Problem?«

»Wir sind unbewaffnet!«, rief van Haaksbergen.

»Halten Sie den Mund«, flüsterte ich.

Fischer dachte nach. »Zuerst das Geld!«

»Zuerst das Bild!«, erwiderte ich.

»Dann wird nichts aus unserem Geschäft.« Fischer drehte sich um und ging ein paar Schritte auf die Büsche zu. Halblange braune Haare ragten über den Kragen seiner Jeansjacke.

»Was machen Sie denn?«, fragte van Haaksbergen. »Geben Sie ihm das blöde Geld!«

»Keine Sorge«, gab ich zurück.

Fischer blieb stehen und wartete.

Ich verschränkte die Arme und wartete ebenfalls.

»Zeigen Sie mir das Geld!«, rief er schließlich.

Ich zog das Bündel aus der Tasche und fächerte es auf. »Zehntausend Euro, in gebrauchten Scheinen.«

Fischer nickte. »Rühren Sie sich nicht vom Fleck! Sonst platzt der Deal.«

»Alles klar«, versicherte ich.

Fischer verschwand in den Büschen.

Van Haaksbergen stützte sich an der wackligen Holzwand ab. »Sie haben vielleicht Nerven. Warum haben Sie ihm nicht einfach das Geld gegeben?«

»Weil ich auch die zweite Hälfte meines Honorars kassieren will. Wie hätte ich Gessner erklären sollen, dass nicht nur sein Bild, sondern auch sein Geld weg ist? Vertrauen Sie mir! Das Schwierigste haben wir geschafft.«

»Ihr Wort in Gottes Ohr«, stöhnte van Haaksbergen. »Ich weiß nur, dass ich so etwas nie wieder tun werde.«

»Bleiben Sie tapfer«, riet ich ihm. »Ihr großer Auftritt steht unmittelbar bevor.«

Die Büsche hatten sich erneut geteilt und Fischer wurde nun von einer weiblichen Gestalt begleitet, die einen viereckigen, mit einer Wolldecke verhüllten Gegenstand in der einen und eine Spraydose in der anderen Hand hielt. Auch die weibliche Gestalt trug eine Maske. Damit hatte ich gerechnet, aber nicht mit Guido Westerwelle.

»So nah haben sich Fischer und Westerwelle wahrscheinlich noch nie gestanden.«

»Meinen Sie das politisch?«, fragte van Haaksbergen.

»Nein. Menschlich.«

Westerwelle stellte das Bild auf dem Boden ab und schlug die Wolldecke zurück. Ein älterer Mann saß steif auf einem Sessel und guckte grimmig, als sei er es leid, herumgeschleppt und von Wolldecken verhüllt zu werden. Er trug einen dunklen, dreiteiligen Anzug, ein weißes Hemd mit hohem Kragen und eine gestreifte Krawatte. Der durchdringende Blick seiner wässrigen, hellblauen Augen wurde durch die randlose Brille kaum gemildert. Auch die energischen, leicht aufgeworfenen Lippen unter der breiten Nase sprachen dafür, dass zu seinen Lebzeiten

Untergebene nie vor einem Wutausbruch sicher gewesen waren.

Westerwelle schüttelte die Spraydose, in der sich blaue Farbe befand.

»Wenn Sie versuchen, uns zu linken, werden wir das Bild zerstören«, erklärte Fischer.

»Ganz cool«, wandte ich mich an Westerwelle, deren Hand vor Aufregung zitterte. »Wir haben lediglich den Auftrag, das Bild zu kaufen. Ihre Identität interessiert uns nicht.«

»Quatschen Sie nicht rum!«, sagte Fischer gereizt.

»Okay.« Ich schob den sich zierenden van Haaksbergen nach vorn. »Mein Begleiter wird sich jetzt das Bild aus der Nähe ansehen.«

Der Kunsthistoriker beugte sich hinunter und musterte das Bild von oben bis unten. Insbesondere der dunkle Vorhang, der hinter dem sitzenden Egli hing, das Gesicht und die Hände, die im Gegensatz zum grimmigen Gesichtsausdruck ziemlich schlaff auf dem Oberschenkel und der Sessellehne ruhten, schienen es ihm angetan zu haben. Zuletzt betrachtete er die rote Signatur in der rechten unteren Bildecke.

»Und?«, fragte ich.

Van Haaksbergen richtete sich auf. »Es ist das echte Bild.«

»Was denn sonst?«, knurrte Fischer.

Van Haaksbergen lachte. »Das war ja ein Kinderspiel.«

»Sehen Sie!«

»Wenn Sie noch einmal so einen Auftrag bekommen ...«

»... werde ich an Sie denken«, versprach ich. »Sie haben ja jetzt Erfahrung.«

Wir waren auf der Rückfahrt nach Münster, Dr. Walter Egli lag wohlbehalten im Kofferraum meines Wagens.

Van Haaksbergen schlug sich auf den Oberschenkel. »Zwei kleine Aufschneider, die sich vor Angst fast in die Hose gemacht hätten. Warum haben Sie nicht einfach Ihre Pistole gezogen und das Bild mitgenommen?«

»Weil ich keine Pistole habe.«

Er schaute mich überrascht an. »Wollen Sie damit sagen, dass Sie völlig unbewaffnet sind?«

»Ja.«

»Und wenn uns die beiden angegriffen hätten?«

»Haben sie doch nicht, oder?«

»Trotzdem wären wir leicht mit ihnen fertig geworden«, sonnte er sich in seinem frisch gewonnenen Mut. »Ich hätte die Kleine in Schach gehalten, während Sie den Typen ausgeschaltet hätten.«

»Warum sollte ich? Von Prügelei steht nichts in meinem Vertrag. Im Übrigen: Falls Gessner gewollt hätte, dass die beiden verhaftet werden, wäre er zur Polizei gegangen.«

»Sie meinen, er hat die Absicht, die Diebe entkommen zu lassen?«

»Ich habe keine Ahnung. Ich weiß nur, wofür ich bezahlt werde.«

Der Kunsthistoriker schüttelte den Kopf. »Wenn ich das erzähle ...«

»Das werden Sie nicht.«

»Bitte?«

»Sie haben sich zur Verschwiegenheit verpflichtet. Das heißt: Kein Wort über das, was Sie erlebt haben!«

»Nicht mal zu meiner Freundin?«

»Nein. Nicht mal Ihrer Freundin dürfen Sie davon erzählen.«

Er schluckte. Da war er zum Held geworden und niemand würde davon erfahren.

Ich setzte Tedel van Haaksbergen in der Innenstadt ab und fuhr zu meinem Büro, das den vorderen Teil meiner im Kreuzviertel gelegenen Vierzimmeraltbauwohnung einnahm.

Da ich Dr. Walter Egli keine Nacht auf der Straße zumuten wollte, schleppte ich ihn die zwei Stockwerke hoch und lehnte ihn hinter meinem Schreibtisch an die Wand. Freundlicher sah er deshalb immer noch nicht aus. Dann rief ich Jean Gessner in Zürich an und meldete den erfolgreichen Abschluss der Aktion. Er gratulierte mir pflichtschuldig, ohne überschwängliche Begeisterung zu äußern. Anscheinend hatte er nichts anderes erwartet oder nur seiner Frau zuliebe das Bild zurückgekauft, schließlich war Egli ihr Großvater. Ich sagte, ich würde voraussichtlich am späten Nachmittag des folgenden Tages in Zürich eintreffen, und legte auf.

Kurz darauf kam Franka vorbei. Ich kannte Franka schon seit ihren wilden Teenagerzeiten, als sie in Schapdetten Versuchstiere befreit hatte. Später, während ihres Jurastudiums, hatte sie in meinem Detektivbüro gejobbt. Inzwischen war sie Rechtsanwältin und betrieb zusammen mit einem jungen Kollegen eine gemeinsame Praxis. Wann immer sich die Gelegenheit bot, engagierte sie mich als Privatdetektiv für ihre Fälle. Als ich noch ihr Chef gewesen war, hatte mir die Rollenverteilung besser gefallen, aber angesichts meiner chronisch angespannten Finanzsituation konnte ich mir übertriebene Empfindlichkeit nicht leisten.

»Wer ist das denn?«, fragte sie.

»Dr. Walter Egli, Direktor der Privatbank *Egli & Schaaf*. Zumindest war er es 1937.«

»Seit wann sammelst du Kunst des zwanzigsten Jahrhunderts?«

Ich erzählte ihr von meinem Auftrag. Bei Franka hatte ich keine Befürchtung, dass sie sich verplappern würde.

»Und wann kommst du wieder?«, erkundigte sie sich.

»Ich werde in Zürich übernachten und am Freitag zurückfahren.«

»Gut. Ich habe nämlich einen Auftrag für dich.«

»Lass mich raten: Es geht um den Verdacht der vorgetäuschten Krankmeldung oder die Überwachung von Angestellten, die des Diebstahls in der eigenen Firma verdächtigt werden.«

»Vorgetäuschte Krankmeldung«, grinste Franka. »Wie bist du nur so schnell darauf gekommen?«

»Scharfsinn«, sagte ich. »Fünfundneunzig Prozent aller Aufträge, die du mir anbietest, haben mit einem von beiden zu tun.«

»Bist du etwa wählerisch geworden?«

»Nein, überhaupt nicht«, wehrte ich ab. »Sobald ich wieder da bin, melde ich mich bei dir. Hast du heute Abend schon was vor?«

»Soll das eine Einladung werden?«

»Ja. Was hältst du von dem italienischen Restaurant an der Kreuzkirche?«

Franka schaute zu Walter Egli. »Er ist wohl einiges wert?«

»Eigentlich nicht. Aber sein Besitzer muss nicht auf jeden Franken achten.«

II

Jean Gessner erwartete mich in seinem Privathaus, das sich nicht direkt in Zürich, sondern in Küsnacht, einem Vorort auf der nördlichen Seite des Zürichsees, befand. An der Goldküste, hatte Gessner am Telefon gesagt, und als ich die Behausungen sah, die bergaufwärts inmitten parkähnlicher Gärten standen, wurde mir klar, dass mit der Bezeichnung nichts Landschaftliches gemeint war. Abgesehen vom Dienstpersonal bekamen hier wohl nur Millionäre ein Bleiberecht, Normalverdiener mussten sich mit einem Tagesvisum für Ausflüge begnügen.

Bei der Schiffsanlegestelle bog ich von der Küstenstraße ab und folgte einer schmalen Straße, die sich in Serpentinen den Berg hinaufschlängelte. Je höher ich kam, desto weiter entfernten sich die Villen von der Straße, zumeist versteckt hinter dichtem Grüngewächs. Parkplatzprobleme waren hier gänzlich unbekannt, wer unbedingt unter freiem Himmel parken wollte, tat das auf seiner eigenen Auffahrt.

Auch die Gessners verfügten über einen Privatparkplatz, allerdings war ihr Anwesen mit geschätzten tausend Quadratmetern Wohnfläche nahezu bescheiden im Vergleich zu einigen Nachbarhäusern. Ein weißes nüchternes Gebäude im Bauhausstil der Dreißigerjahre, mit flachem Dach und großen bläulich verspiegelten Fenstern. Einzig ein großer in Stein gehauener Fisch, der über der Eingangstür mit offenem Maul nach etwas schnappte, was außer ihm keiner sah, durchbrach die schlichte Fassade.

Eine junge Frau mit kurzen blonden Haaren öffnete die Tür.

»Wilsberg«, sagte ich. »Ich möchte zu Jean Gessner.«

Sie schaute erst mich, dann die schmuddelige graue Wolldecke an, hinter der sich Walter Egli versteckte. »Sie sind bestimmt der Privatdetektiv.«

»Richtig.«

Sie streckte ihre Hand aus. »Nora Gessner. Das da«, sie zeigte auf das Bild, »ist mein Urgroßvater.«

Nachdem ich auf dem letzten Teil der Strecke der Moderatorin eines deutschschweizerischen Radiosenders zugehört hatte, ohne allzu viel zu verstehen, erstaunte mich ihr akzentfreies Hochdeutsch.

»Wir lernen Hochdeutsch in der Schule«, lachte sie, während wir auf gefliesten oder mit Parkett belegten Fluren in die hinteren Regionen des Gebäudes wanderten. »Die meisten jungen Schweizer schämen sich für das schreckliche Deutsch, das unsere Politiker sprechen. Aber wenn Sie wollen, kann ich auch Schwizerdütsch reden.«

»Lieber nicht«, wehrte ich ab. »Meine Schweizkenntnisse beschränken sich auf die Autobahn von Basel nach Chiasso.«

Sie blieb vor einer Tür stehen und klopfte kurz an das Holz, bevor sie die Klinke herunterdrückte. »Papa! Herr Wilsberg ist da.«

Zum Abschied schenkte mir Nora Gessner ein freundliches Lächeln. Dass die drei Minuten, die wir uns kannten, ausgereicht hatten, sie sympathisch zu finden, war die zweite Sache, die mich erstaunte. Aber da ich nicht vorhatte, mir an der Goldküste ein Haus zu kaufen, die Chance, ihr zufällig zu begegnen, also sehr gering war, nahm ich mir vor, nicht weiter darüber nachzudenken.

Der Raum, den ich betrat, war ein großes Arbeitszimmer mit hellen Möbeln und einem unbezahlbaren Ausblick auf den tiefblauen, weit unten in der Sonne liegenden Zürichsee.

»Schön, nicht?«, sagte Jean Gessner. Er trug ein rosafarbenes Polohemd und grau melierte Haare.

»Nette Wohngegend«, stimmte ich zu.

»In Mitteleuropa gibt es kaum etwas Vergleichbares.« Im Unterschied zu seiner Tochter hatte er einen leichten, kehligen Akzent.

»Vermutlich brauchten Sie mehr als einen Bausparvertrag, um sich das zu kaufen.«

Er lachte. »In der rosa Villa, an der Sie vorbeigefahren sind, haben Thomas Mann und seine Frau gewohnt. Max Frisch und C. G. Jung haben hier lange gelebt und sich von Spaziergängen im Küsnachter Tobel inspirieren lassen. Sie befinden sich auf höchst literarischem Boden. Und das, was an Vermögen im Umkreis von einem Kilometer versammelt ist, übersteigt das Bruttosozialprodukt etlicher afrikanischer Staaten. Glauben Sie mir, unser Einfluss ist groß genug, um zu verhindern, dass irgendein Neureicher die Aussicht verbaut.« Gessner nahm mir das Bild aus der Hand und schlug die Wolldecke zurück. »Der Großvater meiner Frau hat das Haus erbauen lassen. Walter Egli war ein großer Förderer zeitgenössischer Kunst. Der architektonische Entwurf stammte übrigens von Bernhard Pankok. Das Porträt war sozusagen ein Nebenprodukt ihrer geschäftlichen Beziehung.«

»Dann wird sich Ihre Frau sicher freuen, dass das Bild wieder da ist«, vermutete ich.

Gessners Augen verengten sich für einen Moment. »Meine Frau ist tot.«

»Das tut mir Leid.«

»Sie ist vor über zehn Jahren gestorben. Wie möchten Sie die zweite Hälfte Ihres Honorars: als Überweisung, Scheck oder in bar?«

»Scheck«, entschied ich. »Zahlen mit einigen Nullen haben so etwas Sinnliches.«

Er ging zu seinem Schreibtisch und stellte mit geübten Bewegungen einen Scheck aus.

»Ich habe im *Limmathaus* ein Zimmer für Sie reservieren lassen«, sagte er, als er mir den Scheck überreichte. »Ein gutes Mittelklassehotel am Limmatplatz, sehr zentral gelegen.« Er zwinkerte mir zu. »Ganz in der Nähe befindet sich die Langstraße, das Verruchteste, was die Schweiz zu bieten hat.«

»Sie kennen offenbar die geheimen Wünsche deutscher Privatdetektive«, bemerkte ich bissig.

»Nun«, er lächelte, »Sie können sich auch am Ufer der Limmat ergehen oder das Großmünster besichtigen. Wir Zürcher sind ein bisschen stolz darauf, in einer kleinen Weltstadt zu leben. Zürich besteht nicht nur aus der Bahnhofstraße mit ihren Banken und teuren Boutiquen. In Zürich gibt es alles, was es auch in Amsterdam, Paris oder London gibt, nur eben eine Nummer kleiner. Im Grunde ist Zürich so unschweizerisch, dass seine Bewohner am liebsten in einem anderen Land leben würden. Mit dem Kuhglocken-Alpenidyll und dem sauberen Käse- und Schokoladenimage haben wir nichts gemein.«

»Und was sagen die Schweizer dazu?«, fragte ich.

»Die Schweizer mögen uns genauso wenig wie wir die Schweizer. Deshalb haben sie ja das provinzielle Bern zur Hauptstadt gemacht und nicht die größte und bedeutendste Stadt. Die Schweizer halten uns für arrogant. Es gibt sogar einen Ausdruck dafür: Zürchismus.« Er gab mir die Hand. »Ich hoffe, Sie genießen den kurzen Aufenthalt. Und kommen Sie gut nach Münster zurück!«

»Danke«, sagte ich und machte mich auf den langen Weg zum Eingang. Das Bild, dessentwegen ich die Reise unternommen und für das er mehr als zwanzigtausend Euro bezahlt hatte, war Gessner so unwichtig gewesen, dass er kaum einen Blick darauf geworfen hatte. Auch hatte er sich nicht nach den Dieben und dem Ablauf der Übergabe erkundigt. Die Frau des Bankdirektors, deren Großvater das Porträt darstellte, war schon lange tot. Da drängte sich zwangsläufig die Frage auf, warum Gessner eigentlich gezahlt hatte. Vielleicht konnte mir ja Nora Gessner darauf eine Antwort geben. Ich ging langsamer und schaute mich um, aber von der Tochter des Bankdirektors war nichts zu sehen.

Als ich die Haustür erreichte, beschloss ich, dass es sich nicht lohnte, über Dinge nachzudenken, für die ich nicht bezahlt wurde. Nach mehr als zehn Jahren Privatdetektivarbeit wusste ich, dass es Fälle gab, die mit einem faden Beigeschmack endeten, weil ich nicht alle Rätsel gelöst hatte. Andererseits waren zehntausend Euro genug Schmerzensgeld für meine unbefriedigte Neugier. Ich zog die Tür hinter mir zu und trat in die Sonne.

Nachdem ich mein Gepäck im Hotel deponiert hatte, bestätigte ich Gessners Vorurteil und besichtigte die Langstraße. Sie war laut, schmutzig und roch alle paar Meter nach einer anderen, in einem weit entfernten Land beheimateten Küche. Auf den schmalen Bürgersteigen tummelten sich Menschen, die Drogen oder sich selbst verkauften oder an einem von beiden Interesse hatten.

Auf brave Schweizer musste dieser Sündenpfuhl tatsächlich wie ein Schock wirken. Er passte so gar nicht zu dem Bild der bescheidenen kleinen Alpenrepublik.

Nach einer Viertelstunde hatte ich davon genug und schlenderte mehr oder weniger ziellos nach Süden, bis ich das städtebauliche Kontrastprogramm, die Finanzpaläste der Bahnhofstraße, erreichte. Inzwischen war es Abend geworden und ich verspürte das Bedürfnis, mich zu setzen und etwas typisch Schweizerisches zu essen, thailändische, brasilianische oder russische Restaurants gab es schließlich auch in Münster.

Jenseits der Limmat, in den engen kopfsteingepflasterten Gassen der Altstadt, wurde ich fündig. Hier reihte sich ein Restaurant an die nächste Bar. Gerade als ich feststellte, dass zumindest die Preise in Zürich absolutes Weltniveau haben, klingelte mein Handy.

»Nora Gessner. Erinnern Sie sich noch an mich?«

»Warten Sie!«, sagte ich. »Ich glaube, Sie trugen Blau und die deutschen Soldaten Grau. Oder verwechsele ich das mit *Casablanca*?«

Sie lachte. »Haben Sie schon zu Abend gegessen?«

»Ich stehe kurz davor.«

»Dann schieben Sie Ihren Hunger noch etwas auf. Ich lade Sie ein. Auf der Nordseite des Zürichsees gibt es ein nettes Fischrestaurant, gleich neben dem Freibad. Ich werde einen Tisch reservieren. Sagen wir: in einer Stunde?«

Natürlich stimmte ich zu. Warum sie mich treffen wollte, hatte sie nicht gesagt. Die Gessners schienen nicht gern über ihre Motive zu reden. Allerdings glaubte ich nicht, dass sie meinem Aussehen oder meinem Charme verfallen war, dafür waren der soziale und der Altersunterschied einfach zu groß. Ihr Anruf musste mit meinem

Job zusammenhängen. Möglicherweise würde ich ja doch noch erfahren, was an dem Bildnis des Walter Egli so wertvoll war.

»Einnachten«, sagte Nora Gessner und schaute in den dunkler werdenden Himmel. »Ist das nicht ein schönes Wort?«

»Doch«, stimmte ich zu und schaute ebenfalls zum Himmel. »Bei uns geht die Sonne unter, es dämmert oder die Nacht bricht herein. Aber einnachten hat schon was.«

»Helvetismen«, fuhr die Tochter des Bankdirektors fort, »sind Schweizer Hochdeutsch, kein Dialekt. Seit etlichen Jahren pflegen wir unsere sprachlichen Eigenheiten. Wir spannen Fixleintücher über die Matratze, essen Ruchbrot und überqueren auf einer Passerelle den Fluss. Ganz zu schweigen von Dispositiven und Vernehmlassungen.«

Unter den schweren Holzplanken, auf denen unser Tisch stand, plätscherten sanft die Wellen des Zürichsees. Es war immer noch angenehm warm, die Luft samtweich und ohne jeglichen Windhauch. Nora Gessner hatte eine Goldbrasse bestellt. Der Kellner hatte uns den Fisch in gebratenem Zustand vorgeführt und ihn dann in jeweils zwei Portionen serviert. Wir tranken Wein und redeten über die Schweiz und die Welt. Mit keinem Wort war meine Gastgeberin auf den Anlass unseres Treffens zu sprechen gekommen.

Ich nahm einen Schluck von meinem Espresso und zündete mir eine Zigarre an. Es gab keinen Grund, sie zu drängen. Ich genoss das Essen, den Abend und ihre Gesellschaft.

Hinter meinem Rücken knallte es. Ich drehte mich um

und sah, dass auf der gegenüberliegenden Uferseite ein Feuerwerk in den Himmel stieg.

Noras Gesichtszüge wurden weich und verträumt. »Perfekte Momente«, flüsterte sie. »Nur in Zürich gibt es solche perfekten Momente.«

Ein Gefühl sagte mir, dass ich nicht Teil der Perfektion war. Wahrscheinlich gab es einen anderen, mit dem der Moment noch perfekter gewesen wäre.

Sie wandte ihren Blick vom Feuerwerk ab und schaute mich an. »Sie wollen sicher wissen, warum mein Vater so viel Geld für das Bild bezahlt hat.«

»Ich habe darüber nachgedacht«, gab ich zu. »Es wäre ein Leichtes für ihn gewesen, die Diebe verhaften zu lassen.«

»Das wollte er aber nicht.«

»So weit bin ich in meinen Überlegungen auch schon gekommen.«

»Wer hat Ihnen das Bild übergeben?«, fragte Nora.

»Ein junger Mann und eine junge Frau«, antwortete ich.

»Die junge Frau ist meine kleine Schwester. Lena.«

Ich zog an der Zigarre und blies Rauch in die Luft. »Warum hat sie das Bild gestohlen?«

Nora seufzte. »Das ist eine lange Geschichte.«

»Ich habe Zeit«, sagte ich.

»Sie ist ... Es hat angefangen, als sie zwölf war. Sie benahm sich unmöglich, reagierte auf jede noch so freundliche Kritik mit einem Wutausbruch, rebellierte einfach gegen alles. Sie wusch sich wochenlang nicht, trug immer dieselben dreckigen Kleider, rasierte sich den Kopf, hörte nächtelang laute Musik, tat nichts mehr für die Schule. Kurz gesagt: Sie wurde unerträglich.«

»Ist das nicht normal – in dem Alter?«, warf ich ein. Ich dachte an meine Tochter Sarah, die kurz vor der Pubertät stand. Vielleicht würde ich bald Ähnliches erleben.

»Das hat mein Vater auch angenommen. Er hat sehr viel Verständnis für Lena aufgebracht, sie immer rücksichtsvoll behandelt, auch wenn sie von der Polizei nach Hause gebracht wurde. Sie müssen wissen ...«, Nora stockte, »... meine Mutter war ein Jahr zuvor gestorben. Wir dachten, sie hätte den Verlust nicht ertragen.«

Ich nickte. »Klingt logisch.«

»Aber es wurde nicht besser«, redete Nora weiter. »Lena änderte sich nicht mehr, sie blieb bei ihrer Haltung. Im Gegenteil: Ihr Verhalten wurde zunehmend unkontrollierbar. Ihre schulischen Leistungen verschlechterten sich rapide, manchmal verschwand sie tagelang, dann kamen Alkohol und vermutlich auch Drogen hinzu, oft wirkte sie stundenlang völlig geistesabwesend. Dreimal wurde sie wegen Diebstählen festgenommen. Sie stahl immer nur kleine Sachen, CDs, Modeschmuck, dabei bekam sie von meinem Vater genug Geld. Schließlich sah er ein, dass es so nicht weiterging, und schickte sie auf ein Internat. Kein Eliteinternat, sondern ein Internat für schwer erziehbare Jugendliche. Die Lehrer und Erzieher dort waren erfahrene Pädagogen. Nach drei Monaten wurde sie von der Schule verwiesen. Nicht sozialisierbar, lautete die Diagnose. Meinem Vater blieb nichts anderes übrig, als sie wieder zu Hause aufzunehmen. Er versuchte sie zu einer Therapie zu überreden, aber während der Therapiestunden sagte sie kein einziges Wort. Als sie nicht mehr schulpflichtig war, weigerte sie sich, weiter zur Schule zu gehen, obwohl sie keinen Abschluss hatte. Mein Vater akzeptierte auch das. Er richtete ihr sogar ein Atelier ein.«

»Sie malt?«, fragte ich.

»Ja. Das heißt, sie arbeitet mit Farben und anderen Materialien, eine Mischung aus Malerei und Collage. Großformatige, grelle, abstrakte Bilder von wilder Ausstrahlungskraft. Ich liebe ihre Bilder, obwohl ich nicht weiß, ob sie einen künstlerischen Wert haben. Wenn Lena malt, verwandelt sie sich. Sie wird ruhig und arbeitet konzentriert. Sie mag es nicht, wenn man ihr dabei zuschaut. Ich habe sie ein paarmal durchs Fenster beobachtet und gesehen ...« Nora verstummte und schaute zur Seite. »Entschuldigung!« Sie wischte sich über die Augen.

»Dafür müssen Sie sich nicht entschuldigen«, sagte ich.

»Jetzt fange ich schon an zu flennen.«

»Das macht Sie nicht hässlicher.«

Sie lächelte. »Sie mögen das vielleicht, ich aber nicht.« Sie nahm einen Schluck Wein. »Ich habe gesehen«, fuhr sie mit fester Stimme fort, »dass Lena unter der stacheligen Oberfläche ein liebenswertes Mädchen geblieben ist. Ich möchte, dass Sie sie finden.«

»Denken Sie denn, dass sie sich in Münster aufhält?«

»Zumindest war sie in den letzten Wochen dort.«

»Das wird nicht einfach«, bremste ich ihren Optimismus. »Münster ist keine Kleinstadt. Außerdem kann sie längst woanders sein.«

»Versuchen Sie es!«, bat Nora. »Ich bezahle Ihre Arbeit.«

»Gut.« Ich schnippte Zigarrenasche in den Aschenbecher. »Mal angenommen, ich finde sie tatsächlich: Was soll ich ihr sagen?«

»Dass sie zurückkommen soll. Lena ist psychisch labil. Sie braucht Hilfe. Wenn sie so weitermacht, kommt sie ins Gefängnis oder wohin auch immer.«

»Nach allem, was Sie über Lena erzählt haben, glaube

ich nicht, dass sie mir zuhören wird. Ich kann ihr schlecht Handschellen anlegen, oder?«

»Das sollen Sie auch nicht. Sagen Sie ihr, dass ich ... dass wir sie lieben. Mein Vater nimmt ihr den Diebstahl des Gemäldes nicht übel. Er wird ihr verzeihen, wie er es immer getan hat.«

»Warum hat sie ausgerechnet das Porträt von Walter Egli gestohlen?«, fragte ich.

»Ach«, Noras Gesichtsausdruck wurde bitter, »das ist typisch Lena. In unserem Haus gibt es jede Menge Bilder und einige davon sind viel wertvoller als der Pankok. Dass sie ihn mitgenommen hat, ist ihre Art, uns zu zeigen, wie sehr sie die Familie ablehnt. Walter Egli war der Sohn von Otto Egli, der zusammen mit Wilhelm Schaaf die Privatbank *Egli & Schaaf* gegründet hat. Walters Sohn, mein Großvater, hat die Bank übernommen und dann wäre sein Sohn an der Reihe gewesen. Doch zum Leidwesen meines Großvaters bekam er nur zwei Töchter und die wollten oder konnten die Bank nicht leiten. Also musste meine Mutter einen Mann heiraten, der den Vorstellungen meines Großvaters entsprach. Mein Vater hatte in einer großen Schweizer Bank schnell Karriere gemacht. Er brachte kein eigenes Vermögen mit, dafür das nötige Wissen.«

»Ihre Mutter wurde verkuppelt?«, wunderte ich mich. »Und das vor ...«, ich schätzte das Alter meines Gegenübers und zog ein, zwei Jahre Höflichkeitstoleranz ab, »... fünfundzwanzig Jahren in der Weltstadt Zürich?«

Sie verzog spöttisch den Mund. Ob über meine Frage oder ihr geschätztes Alter war nicht auszumachen. »Natürlich nicht. Meine Mutter hatte einen großen Sinn für Familientradition. Sie verliebte sich praktischerweise in den richtigen Mann.«

»Und was ist mit Ihnen?«, erkundigte ich mich.

»Ob ich die Bank übernehmen werde?« Sie schüttelte den Kopf. »Garantiert nicht. Zum Glück leben wir mittlerweile im einundzwanzigsten Jahrhundert. Ich studiere Literaturwissenschaft und werde bestimmt keinen Banker heiraten.«

Ich legte den abgebrannten Zigarrenstummel in den Aschenbecher. »Haben Sie eine Idee, wo ich mit der Suche beginnen kann?«

»Nein. Ich weiß nur, dass Lena ohne ihre Kunst nicht leben kann. Sie wird malen und dafür braucht sie einen Raum.«

»Das könnte ein Anhaltspunkt sein«, stimmte ich zu.

Nora öffnete ihre Handtasche und zog mehrere Fotos heraus, die sie über den Tisch schob. »Hier. Das sind drei ihrer Objekte, etwa zwei mal zwei Meter groß.«

Ich betrachtete die Collagen und fragte mich, ob ich so etwas freiwillig ins Büro hängen würde. Wahrscheinlich würden sie besser in einem lichtdurchfluteten, vier Meter hohen Loft zur Geltung kommen, für den ich noch sparen musste.

»Und das«, sie schob ein viertes Foto hinterher, »ist Lena.«

Trotz des Hundehalsbands, der Igelfrisur, den Ringen im Gesicht und der grimmigen Miene sah Lena nur halb so böse aus, wie sie selbst wohl gerne gewirkt hätte.

»Was wissen Sie über ihren Freund?«

»Nicht viel. Ich habe ihn nie gesehen. Lena muss ihn in diesem Frühjahr kennen gelernt haben. Aber …«, Nora holte Luft, »… er ist einer der Gründe, warum ich mir Sorgen mache.«

»Warum?«

»Ich glaube, er ist ein Drögeler.«

»Ein was?«

»Ein Drogensüchtiger. Als Lena angerufen hat, wegen des Bildes, hat sie solche Andeutungen gemacht. Sehen Sie, Lena ist ... war bisher nicht drogensüchtig. Sie hat Drogen genommen, ja, aber nicht regelmäßig. Ich fürchte, dass sie unter seinem Einfluss ... Und das wäre wirklich schlimm.«

»Ja.« Ich steckte die Fotos ein.

»Und falls Sie sie nicht ... Ich meine, falls Sie keinen Erfolg haben, war es einen Versuch wert. Rufen Sie mich an, sobald Sie etwas herausfinden, egal zu welcher Tages- oder Nachtzeit.«

Ich versprach es. Sie gab mir ihre Telefonnummer und winkte dem Kellner, um die Rechnung zu bestellen.

Ich schaute noch einmal auf den See hinaus, der inzwischen tiefschwarz und endlos aussah, fast wie ein Meer. Weit entfernt blinkten die Lichter einiger dümpelnder Boote. Ein bisschen bedauerte ich, dass ich Recht behalten und der Abend mit einem neuen Auftrag geendet hatte.

»Gehen wir?«, fragte Nora.

III

»Guber«, sagte Cordula Deistermann, »ich hasse diesen Typen.« Sie stand im Hausflur und betrachtete grimmig ein Hochglanzflugblatt, auf dessen Vorderseite das farbige Foto eines glatzköpfigen Mannes mit überlegenem Grinsen prangte.

Ich stellte meine Reisetasche ab und fischte das gleiche Flugblatt aus dem Briefkasten. Gottfried Guber trat mit seiner Partei *Demokratische Alternative Deutschland* bei der bevorstehenden Landtagswahl an. Die DAD war erst wenige Monate alt und Guber nicht nur Parteichef, sondern auch ein Synonym für das Parteiprogramm: smart, bürgerlich und unverfroren die dumpfesten Stimmungen ausnutzend. Mit seinen Recht-und-Ordnung-Parolen, den Warnungen vor angeblicher Überfremdung und gezielten Provokationen gegen das, was er System nannte, hatte er es zum Liebling der Medien und Schrecken der Altparteien gebracht. Sein Erfolgsrezept bestand darin, dass er nicht mit Schnauzbart, Lodenjacke und wutverzerrtem Gesicht herumlief, sondern sich stets höflich, intellektuell und modisch aufgeschlossen gab. So äußerte er mit einem freundlichen Lächeln die übelsten Gedanken, räkelte sich dabei in seinem maßgeschneiderten italienischen Anzug und beruhigte das bürgerliche Publikum mit der unterschwelligen Botschaft, dass ein rechter Rattenfänger zweifellos anders aussehen und reden würde als er. In Münster klappte das besonders gut, denn Guber war Münsteraner.

»Dagegen muss man doch was unternehmen.« Cordula

Deistermann schaute mich an, als wollte sie mich zu einer Spontandemo vor der Kreuzkirche auffordern.

»Wir leben in einer Demokratie«, erwiderte ich matt. »Guber sammelt nur auf, was an rechten Stimmungen ohnehin vorhanden ist.«

»Und damit willst du dich abfinden?«

Ich zuckte die Achseln. »Die Vorstellung, dass der Mensch von Natur aus ein nettes Wesen ist, lässt sich wissenschaftlich nicht halten.«

»Also gehen wir sehenden Auges in den Abgrund?« Meine Nachbarin zerknüllte das Flugblatt in der Hand und stapfte wütend die Treppe hinauf. Als verbeamtete Studienrätin hatte sie sich das Pathos ihrer linksradikalen Vergangenheit bewahrt. Sie war in der Friedensbewegung aktiv, hatte während des Irak-Krieges eine Regenbogenflagge mit der Aufschrift *Pace* aus dem Fenster gehängt und wachte wie ein Luchs darüber, dass alle im Haus die Regeln der Mülltrennung beachteten.

Ich nahm meine Reisetasche vom Boden und folgte ihr. Vor etwa drei Jahren war Cordula Deistermann mit ihrer halbwüchsigen Tochter in die Wohnung im ersten Stockwerk gezogen, die direkt unter meiner lag. Sie hatte mich zu ihrer Einweihungsparty eingeladen und ich war in einem Anfall von was auch immer sogar hingegangen. Ein paar abendliche Ausflüge zu den Kneipen an der Kreuzkirche später hatten wir unsere Kontakte wieder eingefroren. Wir waren im selben Alter, hatten an der Uni ähnliche Erfahrungen gemacht und konnten über viele Dinge ganz entspannt und witzig plaudern. Doch sobald es politisch wurde – und Cordula wurde mindestens einmal am Abend politisch – flogen die Fetzen. Mich störte ihr politischer Rigorismus, sie machte mir Vorwürfe wegen meiner Arbeit. Dass Unternehmer und Versicherungen zu meinen Kunden zählten, in deren Auftrag ich Arbeitnehmer oder Kunden des Betrugs überführte, war für sie blanker Verrat. Nur noch zu übertreffen von der Beschattung fremdgehender Ehefrauen, was mich zum Feind der Frauenbewegung stempelte. Mein Argument, dass mir niemand vierzehn Mal im Jahr einen fetten Betrag aufs Konto überwies, ganz zu schweigen von bezahltem Urlaub, Lohnfortzahlung im Krankheitsfall, Frühpensionierung und Alterssicherung, ließ sie nicht gelten. Und so hatten wir unausgesprochen beschlossen, es bei einem freundlichen Nicken und ein paar Sätzen anlässlich zufälliger Begegnungen im Treppenhaus zu belassen.

Vor einem Jahr hatte ich sie mit einem knackigen, mindestens fünfzehn Jahre jüngeren Mann auf der Straße gesehen. Der Knabe hatte keinen sehr politischen Eindruck gemacht, dafür besaß er sicher andere Fähigkeiten. Jedenfalls war er mir fortan häufiger über den Weg gelaufen. Bis es vor zwei Monaten einen lautstarken Streit in Cordulas Schlafzimmer gegeben hatte. Ich lag in meinem Bett und konnte fast jedes Wort mithören. Nach den Beschimpfungen flogen Gegenstände gegen die Wände, schließlich knallten Türen. Danach war der Knabe verschwunden.

Als ich nun hinter ihr die Treppe hinaufstieg, fiel mir auf, dass sie in letzter Zeit die Haare nicht gefärbt hatte. Ein paar graue Strähnen mischten sich ins Dunkelbraun. Und etwas anderes fiel mir ein.

»Sag mal«, schon bei der Einweihungsparty hatte sie mir das Du angeboten, »du bist doch Kunstlehrerin.«

»Kunst und Deutsch.« Sie blieb vor ihrer Wohnungstür stehen. »Weshalb?«

»Leute, die an der Kunsthochschule studiert haben, bleiben im Grunde ihres Herzens ein Leben lang Künstler, oder?«

»Künstlerin«, verbesserte sie mich. »Ich war in der Bildhauerklasse.«

»Und du kennst dich bestimmt noch in der münsterschen Kunstszene aus.«

Sie grinste. »Brauchst du einen Tipp, was du dir an die Wand hängen sollst?«

»Nein. Ich suche eine junge Künstlerin. Sie ist neu in Münster und malt großformatige Bilder. Wo könnte sie dafür ein Atelier oder so was Ähnliches finden?«

Cordula überlegte einen Moment. Dann sagte sie: »Hast du Lust, mit mir einen Kaffee zu trinken?«

Ich erzählte ihr nicht, dass Lenas Vater eine Bank besaß. Ich machte ihn zu einem armen, von dreißig Jahren harter Arbeit gebeutelten Mann, der in seiner kleinen Mietwohnung saß und sich nach der missratenen, herumtreibenden Tochter sehnte, mit der er sich versöhnen wollte.

Es funktionierte. Cordula empfahl mir, mit der Suche in den ehemaligen Speichern am Hafen zu beginnen, die teilweise zu Ateliers umgebaut und an Künstler vermietet worden seien. Falls ich dort keinen Erfolg hätte, sollte ich zu dem alten Industriegebiet am Hawerkamp gehen, wo die seit vielen Jahren von der Stadt geduldete Subkultur noch immer existiere, da man keinen Investor für das Gelände finde. Einige der Hallen seien ebenfalls zu Ateliers umfunktioniert worden.

Und weil es irgendwie zum Thema passte, zeigte sie mir anschließend Fotos von den Skulpturen, die sie während ihrer Studienzeit gefertigt hatte. Sie erzählte, wie sie sich Sandstein aus den Baumbergen besorgt hatte und was für eine Schlepperei das gewesen war.

Zwischendurch schaute ihre Tochter ins Zimmer, begrüßte mich mit einem kühlen Nicken und erkundigte sich, wann es etwas zu essen gebe. Cordula antwortete, sie müsse noch einkaufen, was ihre Tochter zu einem pikierten Naserümpfen animierte.

Schließlich nutzte ich das Stichwort einkaufen, um meinen Rückzug einzuleiten. Cordula brachte mich zur Tür. »Wann gehen wir denn mal wieder ein Bier zusammen trinken?«

»Im Moment habe ich furchtbar viel zu tun«, sagte ich bedauernd. »Aber es wird sich bestimmt bald eine Gelegenheit ergeben.«

Der erste Teil meiner Antwort war nicht einmal gelogen. Nachdem ich meine Tasche in der Wohnung abgestellt hatte, machte ich mich auf den Weg zum Hafen. Ich wollte Lenas Spur verfolgen, solange sie noch warm war. Vor ziemlich genau achtundvierzig Stunden hatten mir Lena und ihr Freund das Bildnis des Dr. Walter Egli übergeben. Je länger ich wartete, desto größer wurde die Gefahr, dass die beiden aus Münster verschwanden.

Die ehemaligen Speicher standen auf jener Seite des Hafenbeckens, die sich wegen der dort ansässigen Verlage und Werbeagenturen *Kreativkai* nannte. Und da Kreativität und Alkohol häufig eine enge Symbiose eingehen, gab es hier inzwischen auch etliche Kneipen, Restaurants und Clubs.

Ich lief durch die Speicher, klopfte an Türen, gesellte mich zu kleinen Gruppen in kärglichen Teeküchen und zeigte die Fotos von Lenas Werken und von Lena selbst.

Die Reaktion bestand zumeist aus einem stummen Kopfschütteln. Möglicherweise war Lena tatsächlich unbekannt. Vielleicht hielt man mich auch für einen Bullen.

Langsam wurde es Abend. Ich beschloss, noch einen Abstecher zum Hawerkamp zu machen. Am Wochenende würde mich meine Tochter Sarah besuchen, dann blieb mir keine Zeit für die Suche.

Weit fahren musste ich ohnehin nicht, das Hawerkampgelände war nur einen knappen Kilometer vom *Kreativkai* entfernt. Optisch stellte es die B-Variante der aufgemotzten Hafenseite dar. Auch hier hatten sich in Sichtweite des Dortmund-Ems-Kanals kleine Firmen eingenistet, ebenso gab es Atelierhallen und Clubs, die sich *Fusion* oder *Triptychon* nannten. Allerdings waren die Gebäude nicht restauriert, dafür flächendeckend mit Graffiti bekleidet. Aus geöffneten Fenstern wummerte laute Musik, Autowracks und eingestürzte Mauern erinnerten an ein Niemandsland zwischen Bürgerkriegsparteien und auf den Brachflächen türmten sich wilde Müllkippen.

Wieder zeigte ich die Fotos herum, mit ähnlichem Erfolg wie zuvor am Hafen. Als ich gerade begann, mich mit meiner Niederlage abzufinden, schaute eine Malerin ein paar Sekunden zu lange auf eine von Lenas Collagen.

»Erkennen Sie den Stil?«, fragte ich.

»Nein.« Sie gab mir das Foto zurück.

»Und die Künstlerin?« Ich zückte Lenas Porträtfoto.

Ihre Pupillen weiteten sich, aber ihr Gesicht blieb starr. »Keine Ahnung. Nie gesehen. Was wollen Sie von ihr?«

»Nur mit ihr reden.«

»Sorry. Da kann ich Ihnen nicht helfen.«

Ich bedankte mich, steckte die Fotos ein und ging. Es machte keinen Sinn, die Frau unter Druck zu setzen. Ich würde höchstens erreichen, dass sie Lena warnte. Aber ich war auf eine Verbindung gestoßen.

Weil ich damit rechnete, beobachtet zu werden, stieg ich in meinen Wagen und fuhr weg. Bis zum Parkplatz der nebenan gelegenen *Halle Münsterland.* Anschließend machte ich zu Fuß einen großen Umweg, kletterte über einen Zaun, versteckte mich hinter einem ausgeschlachteten Wohnwagen unter einem löchrigen Wellblechdach und wartete.

Mittlerweile war es dunkel geworden. Ich hatte ein Fernglas aus meinem Wagen mitgenommen und beobachtete, so gut es bei der spärlichen Beleuchtung möglich war, die Szene. Die Musik wurde lauter, immer mehr junge Leute in Altkleidern bevölkerten die Schluchten zwischen den Häusern. Ich schaute auf meine Uhr und gähnte. Und dann sah ich Lena.

Sie betrat das Ateliergebäude. Nach einer Viertelstunde kam sie wieder heraus. Sie bewegte sich jetzt schneller und schaute sich nervös um. Die Malerin musste ihr von mir erzählt haben.

Ich steckte das Fernglas ein und beeilte mich, um sie nicht aus den Augen zu verlieren. Lena lief an einem mit Nato-Draht verstärkten Zaun entlang, der das Hawerkampgelände von einer Betonfirma trennte. Der Weg führte zu einigen unbeleuchteten Holzbaracken. Kurz darauf war Lena im Dunkel der Nacht verschwunden.

Ich verlangsamte meine Schritte und horchte nach links und rechts. Hinter einem Holzzaun plärrte Musik aus einer billigen Audioanlage. Wenige Meter weiter endete der Pfad und ich stand vor einem kleinen Hafenbecken, dessen Ränder von Büschen und Unkraut überwuchert waren. Entweder hatte Lena ein Boot genommen oder sie befand sich hinter dem Holzzaun. Weil ich kein Boot sah oder hörte, war der Holzzaun eindeutig der heißere Tipp.

Ich suchte nach einer Öffnung und fand einen türähnlichen Mechanismus. Als ich eintrat, war ich auf vieles vorbereitet, jedoch nicht auf das, was ich zu sehen bekam. Ich stand mitten in einem Campingidyll. Einige Wohnwagen bildeten auf sattem grünem Rasen eine Wagenburg, zwischen den Fahrzeugen waren Drähte gespannt, an denen bunte Glühbirnen baumelten, unter den Glühbirnen saßen Menschen auf weißen Plastikstühlen und tranken Bier aus Flaschen. Nicht einmal der Fahnenmast und die Flagge fehlten, allerdings war es keine deutsche Fahne, sondern die Flagge eines weit entfernten Landes, das womöglich Utopia hieß.

»Establishment«, sagte ein Mann, der allein auf einem Stuhl saß, »das ist das Zauberwort der Postmoderne.« Trotz der abendlichen Wärme trug er einen flauschigen Pullover. An seinem Hals hing eine Kette aus Plastikbeutelverschlüssen. »Vier Komma sieben Millionen Arbeitslose und George Bush verbietet die Windkraft.«

»Verstehe«, sagte ich.

»Den Klodeckel zu und wegspülen – das wollen sie mit uns machen.«

»Ganz meine Meinung«, sagte ich. »Wo finde ich Lena?«

»Da drüben!« Er zeigte auf einen rot angestrichenen Wohnwagen. »Wir sind Sklaven der Stromkonzerne.«

Ich hielt mich nicht mit Klopfen auf, ich öffnete einfach die Tür und ging hinein. Lena und ihr Freund saßen auf einer Matratze. Sie erkannten mich sofort. Der Junge sprang auf und ballte die Fäuste.

»Bleib cool!«, beschwichtigte ich ihn. »Ich will keinen Ärger.«

Er zögerte. »Wie haben Sie uns gefunden?«

»Ich habe Lena vom Atelier aus verfolgt.«

Das Mädchen schnitt eine Grimasse. »Wozu? Wollen Sie uns der Polizei ausliefern?«

»Nein«, sagte ich ruhig. »Niemand hat Sie angezeigt. Ihr Vater hat sein Bild zurückbekommen. Sie haben nichts zu befürchten.«

»Was wollen Sie von uns?«, fragte der Junge aggressiv.

»Ihre Schwester Nora hat mich beauftragt, Sie zu suchen«, wandte ich mich an Lena. »Sie möchte, dass Sie nach Zürich zurückkommen.«

»Nora!« Sie spuckte den Namen aus. »Die kann mich mal.«

Genau so hatte ich mir das Gespräch vorgestellt. Ich zog eine Visitenkarte aus der Tasche und schob sie unter einen Stapel von dreckigem Geschirr, der auf einem Holzbrett stand. »Denken Sie darüber nach! Wenn ich Ihnen erzählen soll, was Nora sonst noch gesagt hat, rufen Sie mich einfach an. Wir können ein Treffen vereinbaren, irgendwo in der Stadt. Und seien Sie unbesorgt! Die Polizei wird nichts davon erfahren. Ich bin Privatdetektiv. Ich mache nur das, wofür ich bezahlt werde.«

Ich hoffte, dass ich damit einen Köder ausgeworfen hatte, der sie neugierig machte. Aber allzu zuversichtlich war ich nicht.

Als ich nach Hause kam, war ich todmüde und wäre am liebsten gleich ins Bett gefallen. Stattdessen rief ich Nora Gessner in Zürich an und berichtete ihr von den Ereignissen des Abends.

Sie dachte lange nach. »Vielleicht sollte ich selbst nach Münster kommen und mit Lena reden.«

»Sie kennen Ihre Schwester besser als ich.«

»Gerade deswegen zögere ich. Wenn sie merkt, dass man sie zu etwas drängen will, wird sie störrisch und macht das Gegenteil.«

»Dann warten wir doch erst einmal ab, ob sie sich bei mir meldet.«

Offenbar spürte Nora, dass ich für eine tiefer gehende Diskussion zu müde war. Sie stimmte zu und ich versprach, sofort bei ihr anzurufen, wenn ich etwas Neues erfahren würde.

IV

Am Wochenende war meine elfjährige Tochter Sarah körperlich anwesend. Geistig schwebte sie in den Sphären der modernen Kommunikationstechnologie. Den überwiegenden Teil der Zeit verbrachte sie damit, SMS-Nachrichten in ihr Handy zu tippen und auf das Piepsen der Antwort zu warten. Ergaben sich zwischendurch mal Pausen, nutzte sie meinen Festanschluss für längere Gespräche mit ihren Freundinnen. Und da sie damit offenbar immer noch nicht ausgelastet war, fragte sie mich, ob sie meinen Computer benutzen dürfe. Ein paar Minuten später stellte ich mit einem Blick über ihre Schulter fest, dass sie sich in einen Chatroom eingeklinkt hatte und sich als Dreizehnjährige ausgab.

Als ich sie zwang, während des Abendessens das Handy auszuschalten, war sie tödlich beleidigt und strafte mich mit Gesprächsverweigerung. Ich sagte mir, dass bei Sarahs Erziehung irgendetwas schief gegangen sein musste. Wofür ich natürlich meine Exfrau Imke verantwortlich machte, bei der Sarah wohnte. Außerdem tröstete ich mich mit dem Gedanken, dass vermutlich Millionen Eltern von ähnlichen Selbstzweifeln geplagt wurden.

Immerhin endete der Abend einigermaßen harmonisch. Wir hatten eine DVD ausgeliehen, die mehr ihrem als meinem Geschmack entsprach, und schauten einem jungen, gut aussehenden Hollywoodschnösel dabei zu, wie er Mädchen aufriss. Während des Films klingelte Sarahs Handy höchstens sechs oder sieben Mal.

Am Sonntag lief es besser. Wir schafften es, mehr als

ein paar Sätze miteinander zu wechseln, ohne dass Sarah mit einem Auge zu ihrem Handy schielte. In versöhnlicher Stimmung brachte ich sie am Sonntagnachmittag nach Lüdinghausen, zu ihrer Mutter. Und machte den Fehler, mit Imke eine Diskussion über Sarahs Erziehung anzufangen. Dabei hätte ich voraussehen können, dass Imke den Spieß umdrehen und mir für alle Versäumnisse die Schuld geben würde. Sie sagte, ich hätte ja keine Ahnung, wie das sei, jeden Tag die immer gleichen Kämpfe mit einem selbstbewussten und dickköpfigen Mädchen auszufechten. Sie sagte auch, ich würde mich vor der Verantwortung drücken und mich zu wenig um Sarah kümmern. Sie sagte noch vieles mehr, bevor ich mehr oder weniger flüchtete. So war das schon immer zwischen uns gewesen: Wenn sich Imke aufregte, hatte ich nicht den Hauch einer Chance.

In deutlich gedämpfterer Stimmung fuhr ich nach Münster zurück. Es dauerte eine Weile, bis ich die Schuldgefühle abgeschüttelt hatte und den einsamen Abend in meiner Wohnung genießen konnte.

Um zehn Uhr am Montagmorgen beschloss ich, nicht länger auf einen Anruf von Lena Gessner zu warten. Da es wohl nicht zu einem zweiten Gespräch kommen würde, musste ich auf Frankas Angebot zurückgreifen und den Umsatz meines Detektivbüros auf herkömmliche Art erwirtschaften. Ich rief in Frankas Rechtsanwaltspraxis an. Die Sekretärin sagte mir, dass Frau Holtgreve in einer Besprechung sei und zurückrufen werde.

Ich legte auf und schaute aus dem Fenster. Es regnete nicht und es läuteten auch keine Kirchenglocken. Dafür meldete sich meine Türglocke.

Lena Gessner sah aus, als habe sie bei einem Rudel Wölfe übernachtet.

»Was ist passiert?«, fragte ich.

»Simon ist tot!«, schrie sie mich an. »Das ist passiert!«

»Wer ist Simon?«

Sie schaute mich an, als hätte ich ihn persönlich ermordet.

»Ihr Freund?«, kombinierte ich.

Sie schaukelte mit dem Oberkörper. »Scheiße. Die haben ihn umgebracht.«

»Kommen Sie!« Ich führte sie in meine Wohnung. Nachdem ich sie in einen Sessel bugsiert hatte, brachte ich ihr ein Glas Wasser. Sie trank es in einem Zug aus.

»Soll ich einen Arzt rufen?«

»Nein. Kein Arzt.« Sie schaute sich panisch um. »Sie sind doch allein?«

»Ich bin allein«, beruhigte ich sie. »Hier sind Sie in Sicherheit.«

Was auch immer sie erlebt hatte, es musste ihr einen fürchterlichen Schrecken eingejagt haben.

»Ich war in der letzten Nacht schon mal hier.« Sie zog meine Visitenkarte aus der Tasche. »Die haben sie übersehen.«

Das Telefon in meinem Büro klingelte. Ich ließ es klingeln. »Warum haben Sie mich nicht angerufen?«

»Ich habe mich nicht getraut. Ich wusste nicht, ob …«

Ich nickte und begriff, woher der Geruch stammte, den sie verströmte. »Sie haben draußen geschlafen.«

»Ich habe überhaupt nicht geschlafen. Ich habe mich unter ein Gebüsch gelegt, nicht weit von hier. In der Nähe stand ein Turm.«

Ich nahm an, dass sie den Buddenturm meinte. »Möchten Sie etwas essen?«

»Nein.« Sie leckte sich über die Lippen. »Noch etwas zu trinken, bitte!«

Ich schüttete Wasser aus der Flasche nach. »Wollen Sie mir erzählen, was geschehen ist?«

Sie betrachtete die aufsteigenden Bläschen im Glas und schwieg. Ich schwieg ebenfalls und fragte mich, ob ich nicht doch den Notarzt rufen sollte.

Endlich sagte sie: »Die haben Simon umgebracht.«

»Wer sind *die?*«

Sie schüttelte den Kopf. »Ich war im Atelier. Als ich zurückkam, war er tot. Er lag so ... Ich wusste sofort, dass er tot ist.« Sie begann zu schluchzen.

Ich suchte nach einer Packung Papiertaschentücher. »Frau Gessner, ich ...«

»Lena«, fauchte sie. »Ich heiße Lena, verdammt nochmal!« Sie zitterte am ganzen Körper.

»Also gut.« Ich gab ihr die Papiertaschentücher. »Lena, ich denke, Sie stehen unter Schock. Ich bringe Sie jetzt in ein Krankenhaus. Da wird man sich um Sie kümmern.«

Sie sprang auf. »Sie glauben mir nicht, was? Ich habe geahnt, dass ich Ihnen nicht trauen kann.«

»Okay!« Ich hob die Hände. »Beruhigen Sie sich! Ich werde Sie nicht ins Krankenhaus bringen.«

»Sie sagen niemandem, dass ich hier bin?«

»Ich werde mit niemandem darüber reden.«

Sie setzte sich wieder.

»Warum glauben Sie, dass Simon ermordet worden ist?«, fragte ich.

»Er hat Ecstasy und Speed genommen, aber er hatte es im Griff. Er wusste genau, wie viele Pillen er schlucken konnte.«

»Haben Sie diese Pillen auch genommen?«

»Manchmal. Nicht so oft wie Simon. Ich reagiere stärker, bin länger high.«

»Wäre es nicht möglich, dass Simon an einer Überdosis gestorben ist?«

Sie strafte mich mit einem verächtlichen Zucken der Oberlippe. »Haben Sie mich nicht verstanden? Er hatte es unter Kontrolle.«

»Das denken andere auch – und sterben trotzdem. Ich bin kein Experte, aber soviel ich weiß, geht bei der Herstellung manchmal etwas schief: zu hohe Konzentration, gefährliche Beimischungen. Schließlich wird die Produktion nicht vom Gesundheitsamt überwacht.«

Lena funkelte mich an. »Sie haben ihn gezwungen, eine Überdosis zu nehmen.«

»Wie kommen Sie darauf?«

»Das habe ich gefühlt.« Sie spürte, dass ich nicht überzeugt war, wandte den Kopf ab und murmelte: »Scheiße. Sie glauben mir nicht.«

»Ich bin Detektiv«, sagte ich freundlich. »Mein Job ist es, Beweise zu sammeln. Gefühle können hilfreich sein, sie können aber auch trügen.«

»Was wollen Sie hören? Simon hat sich gewehrt, das konnte ich sehen. Der Schrank ist zu Bruch gegangen, überall lagen Scherben. Außerdem haben sie den Wohnwagen durchsucht.«

Mir fielen die zehntausend Euro ein, die ich Lena und Simon übergeben hatte.

»Ist das Geld weg?«

»Das haben wir woanders versteckt. Ich habe nachgesehen, es ist noch da.«

»Haben Sie jemandem davon erzählt?«

»Nein. Im Camp wusste keiner etwas.«

»Was könnten die Leute, die Simon umgebracht haben, denn gesucht haben?«

Lena schaute auf den Boden und schwieg. Entweder wollte sie mich nicht einweihen oder sie bildete sich die Mordgeschichte nur ein. Letzteres hielt ich für wahrscheinlicher. Angesichts ihrer psychischen Verfassung machte es jedoch wenig Sinn, darauf zu insistieren.

»Haben Sie die Polizei angerufen?«

»Das hat einer der anderen gemacht.«

»Und? Haben Sie mit den Polizisten geredet?«

»Ich bin abgehauen.« Sie schlang die Arme um ihren Körper. »Ich habe mich versteckt, als ich die Sirenen gehört habe. Die hätten mich bloß festgenommen.«

Ich nickte. »Sie können ein paar Tage hier bleiben, wenn Sie wollen. Und jetzt sollten Sie ein bisschen schlafen.«

»Ich will nicht schlafen. Wenn ich die Augen zumache, sehe ich Simon vor mir.«

»Ich koche Ihnen einen Tee. Dann sehen wir weiter.«

Ich ging in die Küche, setzte einen Früchtetee auf und rührte zwei Löffel Honig in die Tasse.

Nachdem sie den Tee brav getrunken hatte, überredete ich sie, sich auf die Couch zu legen. Sie müsse ja nicht schlafen, es reiche völlig, wenn sie ein wenig ausruhe. Dann holte ich mehrere Wolldecken. Sie verkroch sich wortlos unter den Decken, zupfte und zerrte so lange, bis nur noch ihr Gesicht in dem Wollhaufen zu erkennen war. Das verstörte Gesicht eines Mädchens, das zu viel Schlimmes erlebt hatte.

Nach ein paar Minuten atmete sie ruhig und gleichmäßig.

Ich ging ins Büro und telefonierte mit Nora Gessner. Nora sagte, sie wolle so bald wie möglich kommen. Sie müsse noch ein paar Dinge regeln, aber spätestens am übernächsten Tag könne sie in Münster sein. Bis dahin solle ich Lena nicht aus den Augen lassen.

»Sie ist erwachsen. Ich kann sie nicht einsperren.«

»Lena vertraut Ihnen, sonst wäre sie nicht zu Ihnen gekommen.«

»Ich glaube, sie hatte keine andere Wahl.«

»Ich vertraue Ihnen auch.«

Dazu fiel mir kein Gegenargument ein.

Am Mittag kam Lena in die Küche. Ich saß am Küchentisch und aß ein Brot. Sie sah müde aus, aber die Panik in ihren Augen war verschwunden. Sie schaute auf meinen Teller.

»Haben Sie Hunger?«

Sie nickte stumm.

Ich holte einen zweiten Teller aus dem Schrank und schnitt noch ein paar Scheiben Brot ab.

Wortlos verschlang sie vier mit Wurst und Käse belegte Schnitten. Danach lehnte sie sich zurück. »Das war gut.«

Ich lächelte. »Möchten Sie ein Bad nehmen?«

Sie schnüffelte an ihrer Kleidung. »Keine schlechte Idee. Ich stinke fürchterlich.«

»Ich könnte Ihnen neue Sachen besorgen.«

»Nein, bitte nicht. Sie haben doch bestimmt eine Waschmaschine. Bis meine Klamotten trocken sind, reichen mir ein altes T-Shirt und eine Hose.«

Ich zeigte ihr das Badezimmer und erklärte die Bedienung der Waschmaschine und des Wäschetrockners. Dann öffnete ich die Tür zu Sarahs Zimmer.

»Das Zimmer gehört meiner Tochter. Sie können es vorläufig benutzen.«

»Wo ist Ihre Tochter?«

»Bei ihrer Mutter. Sarah kommt nur jedes zweite Wochenende.«

Lena schaute sich um. »Warum tun Sie das für mich? Sie können mich doch nicht einmal leiden, stimmt's?«

»Sie sind gar nicht so schlimm, wie Sie denken. Außerdem hat mich Ihre Schwester darum gebeten.«

Lena zuckte zusammen, ihr Gesicht wurde hart.

»Ihr Vater wird mich schon entschädigen«, lenkte ich ab. »Wenn alles vorbei ist, schicke ich ihm eine Rechnung.«

»O ja, Papa wird zahlen. Darin ist er Spitze.« Sie betrachtete die Innenseite der Tür. »Gibt es einen Schlüssel für das Zimmer?«

Angesichts dessen, was sie durchgemacht hatte, war es verständlich, dass sie sich einschließen wollte. Allerdings hatte ich die Schlüssel der Innentüren nie benutzt und es dauerte eine Weile, bis ich den richtigen gefunden hatte.

Anschließend half mir Lena, Sarahs Bett frisch zu beziehen. Dabei erklärte ich ihr, was ich vorhatte. Sie war zunächst nicht einverstanden, doch schließlich akzeptierte sie meinen Vorschlag.

Hauptkommissar Stürzenbecher saß in seinem Büro und telefonierte. Er winkte mich mit der freien Hand auf den Stuhl vor seinem Schreibtisch und redete weiter: »Jeans und kariertes Hemd. Der Präsident hat die Kleidungsvorschrift ausgegeben. Du weißt doch, er ist ein Grüner. Es soll ein lockeres Beisammensein werden. *Get together* heißt das heutzutage.« Er lästerte noch über etliche Kollegen und Vorgesetzte, bis er endlich auflegte.

»Meine Frau«, wandte er sich erklärend an mich. »Wir gehen heute zu einem Treffen mit holländischen Kollegen.«

»Du bist dicker geworden«, sagte ich.

»Ich bereite mich auf die Pension vor. Außerdem hast du mich eine Zeit lang in Ruhe gelassen.«

»Es geht um den jungen Mann, der in einem Wohnwagen am Stadthafen zwei gestorben ist«, kam ich ohne Umschweife zur Sache.

»Was ist mit ihm?«

»Ich suche seine Freundin.«

»Warum?«

»Ihr Vater hat mich beauftragt«, log ich. »Sie ist Schweizerin und stammt aus gutem Haus.«

»Name?«

»Der ist mir gerade entfallen.«

Stürzenbecher grunzte. »Bist du dir denn bei der Nationalität sicher? Die anderen Bewohner des Camps haben ausgesagt, der Junge hätte mit einer Deutschen zusammengelebt. Ihr Akzent hätte doch auffallen müssen.«

»Junge Schweizer sind in der Lage, akzentfrei Hochdeutsch zu sprechen«, sagte ich weltläufig.

»Wilsberg«, lachte der Hauptkommissar, »wann hast du das letzte Mal die Grenzen des Münsterlandes überschritten?«

»Vor …«, ich rechnete nach, »… genau vier Tagen.«

»Na schön.« Er beugte sich vor. »Wir suchen das Mädchen auch. Sie soll uns ein paar Fragen beantworten, damit wir den Fall abschließen können.«

»Woran ist der Junge gestorben?«, fragte ich.

»Warum willst du das wissen?«

»Du hilfst mir und ich helfe dir. Das ist die alte Vereinbarung.«

»Was machst du eigentlich, wenn ich in Pension gehe?«

»Dann flirte ich mit einer jungen, hübschen Hauptkommissarin.«

»Er ist an einer Überdosis gestorben.« Stürzenbecher griff nach einer Aktenmappe und schlug sie auf. »In seinem Blut wurden Amphetamin, Methamphetamin, Ephedrin und Methylendioxyamphetamin-Derivate festgestellt, auch bekannt als Speed und Ecstasy, in Konzentrationen von jeweils mehreren hundert Milligramm. Kurz gesagt: Er hat zu viel und zu viel auf einmal geschluckt. Zusammen mit der Hitze im Wohnwagen und mangelndem Wasserkonsum hat das zu einem Kreislaufkollaps mit letalem Ausgang geführt.«

»Könnte ihn jemand gezwungen haben, die Pillen zu schlucken?«

»Es deutet nichts auf Fremdverschulden hin.«

»Keine Kampfspuren? Hämatome am Körper?«

»Zeig mir einen Drogi, der keine Hämatome hat. Und das, was die Tanzen nennen, in den Clubs am Hawerkamp, das ist doch nur eine andere Form von Kampfsport. Da wird gerempelt und geboxt. Mit zugedröhntem Kopf fühlst du keinen Schmerz.«

»Ich habe gehört, im Wohnwagen sei einiges zu Bruch gegangen. Und er sei durchsucht worden.«

Stürzenbechers Augen verengten sich zu Schlitzen. »Woher beziehst du deine Informationen?«

»Ich habe mit den Bewohnern des Camps gesprochen.«

»Du verheimlichst mir doch was, Wilsberg.« Der Hauptkommissar faltete seine breiten Hände. »Nenn mir einen Grund, warum man den Jungen hätte umbringen sollen!«

»Den weiß ich nicht«, gab ich zu. »Es ist nur ein Verdacht.«

»Aha.« Er fixierte mich. »Und deshalb soll ich eine Mordkommission einberufen? Das wird der Staatsanwalt nicht genehmigen.«

»Ich sage ja nur, dass du dir die Leiche und die Spuren im Wohnwagen noch einmal genauer anschauen sollst.«

»Die Leiche des Jungen war in der Rechtsmedizin. Die Tatsache, dass im Wohnwagen einiges demoliert wurde, lässt sich mit seinem Todeskampf erklären. Und in einem aufgeräumten Zustand befand sich das Innere des Wohnwagens wahrscheinlich noch nie – wie soll ich da beurteilen, ob er durchsucht wurde? Mit anderen Worten: Für eine Mordermittlung fehlt mir der Anfangsverdacht.«

»Okay.« Ich stand auf. »Dann haben wir das ja geklärt.«

»Wenn du das Mädchen gefunden hast, lass es mich bitte wissen«, sagte Stürzenbecher, als ich zur Tür ging. »Ich würde gerne mit ihr reden.«

»Mach ich«, versprach ich.

Auf dem Rückweg kaufte ich Antipasti, ein Baguette und frische mit Spinat und Ricotta gefüllte Ravioli. Lena war in Sarahs Zimmer und antwortete durch die geschlossene Tür, als ich anklopfte.

Zum Essen kam sie heraus. Mir fiel auf, dass sie die Tür hinter sich abschloss und den Schlüssel in die Tasche steckte. Ich erzählte von meinem Gespräch mit Hauptkommissar Stürzenbecher. Sie schien nichts anderes erwartet zu haben.

»Sag ich doch: Wenn jemand wie Simon umkommt, interessiert das kein Schwein.«

»Wer war Simon?«, fragte ich.

Sie dachte nach. »Ein Ein-Mann-Raumschiff. Er hat sich selbst ins All geschossen, auf der Suche nach fremdem Leben.«

»Und dann hat er Sie gefunden.«

»Wir sind eine Weile zusammen geflogen. Wir waren beide einsam.«

»Sie haben eine Familie«, warf ich ein. »Ihre Schwester und Ihr Vater lieben Sie.«

»O ja«, sagte sie störrisch. »Die beiden lieben mich – oder das, was sie von mir halten.«

»Wo liegt der Unterschied?«

Sie stocherte in den Ravioli. »Ich habe keine Lust, über meine Familie zu reden.«

»Okay. Reden wir über etwas anderes.«

Sie schob den Teller zurück und gähnte demonstrativ. »Ich bin müde. Sie sind wirklich nett, aber ... Ich möchte mich wieder hinlegen.«

Bevor ich später am Abend selbst ins Bett ging, presste ich ein Ohr gegen ihre Zimmertür. Ich hörte Geräusche, die ich mir nicht erklären konnte, etwas, was nach schaben oder streichen klang.

Ich klopfte. »Lena? Alles in Ordnung?«

»Mir geht es gut«, rief sie zurück. Dabei hörte sie sich überhaupt nicht müde an.

V

Als ich am nächsten Morgen aufstand, war die Tür zu Sarahs Zimmer geöffnet. Auf der ordentlich gefalteten Bettdecke lag ein Zettel. Beeindruckender war allerdings das Fresko, das sich über zwei Quadratmeter an der gegenüberliegenden Wand ausbreitete, ein wilder Strahlenkranz aus gelblichen bis dunkelroten Farbspuren, die ein schwarzes Loch umkreisten, mit hellen, zum Teil goldenen Einsprengseln. Das Ganze sah aus wie die Explosion einer Supernova, ein Eindruck, der durch Stofffetzen und metallisch glänzende Teile verstärkt wurde, die den Trümmern eines durch die enorme Druckwelle zerplatzten Planeten glichen.

Unter dem Bild hatte Lena Zeitungspapier ausgelegt, damit der Boden keine Flecken abbekam. Auf dem Papier standen Farbflaschen aus Plastik und ein Eimer voller Pinsel und Spachtel, die in einem Reinigungsmittel schwammen. Sorglosen Umgang mit Material und Werkzeug konnte man der Künstlerin nicht vorwerfen. Während ich im Polizeipräsidium gewesen war, musste sie die Zeit für einen Einkauf genutzt haben. Geld hatte sie ja genug.

Ich fragte mich, was Sarah zu dem Bild sagen würde. Sie schlief noch mit einem Teddybär und ihre bevorzugte Wanddekoration waren Poster von Boygroup-Mitgliedern. Ihre Einstellung zu moderner Kunst war mir gänzlich unbekannt, falls sie überhaupt eine besaß. Daher befürchtete ich, dass sie von dem Fresko Albträume bekommen würde.

Ich ging zum Bett und las, was auf dem Zettel stand: *Vielen Dank für alles! CU. CU* war, wie ich von Sarah wusste, eine unter Chattern übliche Abkürzung für *See you* oder *Wir sehen uns.*

Das Telefon in meinem Büro klingelte. Ich rannte hin und hob ab.

»Redest du nicht mehr mit mir?«, fragte Franka.

»Wie kommst du darauf?«

»Erst bestellst du meiner Sekretärin, dass ich dich zurückrufen soll, und dann gehst du den ganzen Tag nicht ans Telefon.«

»Erinnerst du dich an das Porträt von Walter Egli, das in meinem Büro stand?«

»Das diesem Schweizer Bankdirektor gehört?«

»Seine Tochter hat das Bild gestohlen.« Ich erzählte ihr von Lenas Besuch und ihren Mordanschuldigungen.

»Klingt nach Hirngespinsten eines durchgedrehten Mädchens«, sagte Franka kühl. »Ich glaube, sie braucht einen Therapeuten und keinen Detektiv.«

»Kann schon sein«, erwiderte ich. »Aber ich fühle mich für sie verantwortlich. Sie war hier und ich habe sie gehen lassen.«

»Das ist doch nicht deine Schuld.«

»Ich hätte besser auf sie aufpassen sollen.«

»Georg«, lachte Franka. »Seit wann spielst du den Schutzengel?«

Vielleicht nahm ich die Sache wirklich zu ernst. Vielleicht war es nicht meine Aufgabe, zu verhindern, dass Lena unter die Räder kam. Aber die Art, wie Franka sich darüber lustig machte, ließ mich wütend werden.

»Ich werde sie suchen«, sagte ich hart. »Das bin ich mir und ihrer Schwester schuldig.«

Franka verstand. »Wie du meinst. Der Auftrag, von dem ich gesprochen habe, kann nicht länger warten. Du weißt, was das bedeutet?«

»Ja. Einen schönen Gruß an den Kollegen, der ihn bekommt.«

Ich legte auf und atmete tief durch. Meine beste Auftraggeberin zu vergrätzen war vermutlich nicht der klügste Schachzug gewesen. Andererseits gab es nicht viele Regeln, denen ich mein Leben unterwarf. Professionalität war eine davon. Zu versagen oder etwas nicht zu Ende zu bringen, ging mir gegen den Strich.

Ich überlegte, ob ich Nora Gessner gleich anrufen oder erst noch einen Versuch machen sollte, Lena wiederzufinden. Ich entschied mich dafür, mit dem Anruf zu warten.

Das Wohnwagenidyll am Stadthafen zwei hatte einen Knacks bekommen. Der Holzzaun wies ein großes Loch auf, der Rasen war von Fahrzeugen umgepflügt worden und über der Eingangstür des roten Wohnwagens, in dem Lena und Simon gelebt hatten, klebten Polizeibänder. Einzig der Mann mit dem flauschigen Pullover und der Kette aus Plastiktütenverschlüssen saß ungerührt auf seinem Stuhl. Im Tageslicht sah er für das Leben, das er führte, viel zu alt aus.

»Der elfte September war eine Verschwörung der Bush-Administration«, sagte er, als er mich sah. »Sie haben eine Gelegenheit gesucht, um die Weltherrschaft an sich zu reißen.«

»War Lena heute hier?«, fragte ich.

Er kraulte seine langen strähnigen Haare. »Nein. Nein, Lena war nicht da.«

Ich ging vor ihm in die Hocke und schaute ihm direkt in die Augen. Sein Blick war leer. Ich bezweifelte, dass er mich wiedererkannte. Vermutlich hatte er ebenfalls zu viele chemische Verbindungen geschluckt. Nicht auf einmal, wie Simon, sondern im Laufe so vieler Jahre, dass das Pulver irgendwann angefangen hatte, sein Gehirn zu zerstören.

»Vorgestern, als Simon gestorben ist, haben Sie da auch hier gesessen?«

»Kann sein.«

»Haben Sie fremde Menschen bemerkt, Leute, die Sie nicht kannten?«

»Bullen. Die Bullen haben uns überfallen.«

»Vor den Polizisten, meine ich. Als Simon noch lebte.«

Er versuchte ernsthaft sich zu erinnern. Sein Gesicht verkrampfte sich vor Anstrengung.

»Denken Sie nach!«, trieb ich ihn an. »Sind Fremde in den Wohnwagen da drüben gestiegen?« Ich zeigte auf den roten Wohnwagen.

Er schaute an mir vorbei. »Agenten des CIA.«

»Agenten des CIA waren hier?«

»Ja.«

»Wie sahen die aus?«

»Sie waren unsichtbar«, sagte er leise. »Die können sich tarnen.«

Ich stand auf und schüttelte meine steifen Beine.

»Wir müssen zusammenhalten.« Er begriff, dass ich ihn verlassen wollte, und wurde lauter. »Wenn wir nicht zusammenhalten, machen die uns fertig.«

Ich nickte. »So war das schon immer. Und so wird es auch bleiben.«

Vom Wohnwagencamp ging ich zum Ateliergebäude

am Hawerkamp. Die Malerin, die Lena auf dem Foto erkannt hatte, stand vor ihrer Staffelei und arbeitete an einem Bild, das denen ähnelte, die an den Wänden lehnten: menschliche Schemen vor gelblichen Hintergründen. Es sah aus, als würden sich Karawanen durch Sandstürme kämpfen.

Im Gegensatz zum Verschwörungstheoretiker erinnerte sie sich sofort an mich: »Was wollen Sie denn schon wieder?«

»Dasselbe wie beim ersten Mal: Ich suche Lena.« Ich gab ihr eine von meinen Visitenkarten. »Ich bin Privatdetektiv und arbeite im Auftrag von Lenas Familie.«

Sie legte die Karte achtlos beiseite. »Ich habe doch gesagt, dass ich Ihnen nicht helfen kann.«

»Ich weiß, dass Sie Lena kennen. Ich weiß auch, dass Sie am Freitagabend mit ihr gesprochen haben.«

»Na und?« Die Frau wurde sauer. »Das geht Sie einen Dreck an.«

»Möglicherweise ist Lena in Gefahr«, redete ich unbeirrt weiter. »Ihr Freund ist vorgestern ums Leben gekommen.«

Ihre Abwehrhaltung bröckelte. »Und was hat Lena damit zu tun?«

»Es steht noch nicht fest, ob Simon ermordet wurde, aber einiges deutet darauf hin«, bluffte ich. »Die Männer, die ihn auf dem Gewissen haben, könnten jetzt hinter Lena her sein.«

Sie dachte nach. »Und wer sagt mir, dass Sie nicht einer dieser Männer sind?«

Ich holte mein Handy aus der Tasche. »Fragen Sie Lenas Schwester in Zürich! Ich gebe Ihnen die Nummer.«

Angelockt von unserer lautstarken Unterhaltung, näherte sich ein Künstler aus dem Nachbaratelier und stellte sich beschützend neben die Malerin. »Was ist los? Macht der Typ Ärger?«

Ich blieb ruhig und wiederholte das Wesentliche.

»Wilsberg?« Er nahm meine Visitenkarte in die Hand. »Ich glaube, ich habe von Ihnen gehört. Arbeiten Sie für die Rechtsanwältin Holtgreve?«

Ich bejahte, obwohl mir die Formulierung der Frage nicht gefiel.

»Die Holtgreve ist in Ordnung«, teilte der Künstler seiner Kollegin mit. »Sie hat ein Ausstellungshonorar für mich eingeklagt und mir erzählt, dass sie früher für Wilsbergs Detektivbüro gearbeitet hat. Ich denke, du kannst ihm vertrauen.«

Die Malerin gab sich einen Ruck. »Lena war heute Morgen hier. Sie hat sich von mir verabschiedet und gesagt, dass sie aus der Stadt verschwinden will.«

»Hat sie erwähnt, wo sie hinwill?«

»Nein. Aber ...« Sie zögerte. »Sie ist in ein Auto gestiegen.«

»In ein Auto?« In meinem Kopf schrillten Alarmsirenen. »Ich dachte, sie hätte sich abholen lassen.«

»Sind Sie sich sicher?«

Die Frau war blass geworden. »Nein. Jetzt bin ich mir nicht mehr sicher.«

»Können Sie das Auto beschreiben?«

»Ein blauer Kombi.« Sie ging zum Fenster und zeigte nach draußen. »Ich habe hier gestanden. Sehen Sie die Autowracks da hinten? Lena verschwand hinter den Wracks und kurz darauf fuhr der blaue Kombi weg. Sie muss eingestiegen sein, sonst hätte ich sie anschließend auf dem freien Feld gesehen. Ich habe mich noch gewundert, warum der Wagen nicht vor dem Haus gewartet hat.

Dann habe ich mir das so erklärt, dass Lena nicht verraten wollte, mit wem sie wegfährt.«

Die Entfernung war zu groß gewesen, um Insassen oder das Nummernschild des Autos erkennen zu können.

»Oh, mein Gott!« Sie schüttelte den Kopf. »Wir müssen die Polizei verständigen.«

»Ich werde mit dem Verantwortlichen reden«, versprach ich. »Bislang wird Lena nur als Zeugin gesucht.«

»Und wenn man sie entführt hat?«

»Das wissen wir nicht«, versuchte ich ihre Aufregung zu dämpfen. »Es ist ja auch möglich, dass sie tatsächlich freiwillig mitgefahren ist.«

»Haben Sie nicht selbst gesagt, dass ihr Freund ermordet worden ist?«

So kam meine eigene Gesprächsstrategie als Bumerang zurück. Ich bereute schon, dass ich ihr Angst eingejagt hatte. »Die Polizei ermittelt noch«, wich ich aus. »Kann sein, dass es für alles eine harmlose Erklärung gibt.«

Sie glaubte mir nicht und ich glaubte mir selbst nicht.

»Rufen Sie mich an, sobald Sie etwas von Lena hören!« Ich gab ihr die Hand. »Hoffen wir, dass die Geschichte gut ausgeht.«

Die Entwicklung gefiel mir überhaupt nicht. Wem gehörte der blaue Kombi? Hatte Lena sich mit jemandem verabredet? Oder hatte man ihr aufgelauert? Was Hauptkommissar Stürzenbecher dazu sagen würde, konnte ich mir lebhaft vorstellen: *Es gibt überhaupt keinen Mord, Wilsberg. Warum soll ich nach einer erwachsenen Frau fahnden lassen, die niemand vermisst gemeldet hat? Hast du irgendeinen Anhaltspunkt dafür, dass sie sich in Gefahr befindet?* Und was sollte ich ihm antworten? Dass ich ein verdammt ungutes Gefühl hatte?

Neben der Straße, die vom Hawerkampgelände zum Albersloher Weg führte, stand eine Galerie von Wahlplakaten. Auf Gottfried Gubers Glatze hatte jemand ein Hakenkreuz gemalt und sein makelloses Lächeln wurde von einem Hitlerbärtchen verunziert.

Ich fand einen Parkplatz direkt vor meinem Haus. Zwanzig Meter entfernt saßen zwei Männer in einem Auto. Sie unterhielten sich angeregt und schienen sich nicht für mich zu interessieren. Außerdem war es kein blauer Kombi, sondern eine Limousine in Silber metallic.

Im Büro blinkte der Anrufbeantworter. Nora Gessner bat um einen Rückruf. Mir fiel kein Grund ein, ihn noch länger hinauszuschieben, also berichtete ich ihr, was passiert war. Sekundenlang hörte ich nur ihren Atem.

»Das klingt nicht gut«, sagte sie schließlich. Sie machte mir keine Vorwürfe. Das war auch nicht nötig.

»Geben Sie mir die Erlaubnis, die Polizei zu informieren«, bat ich. »Ohne die Polizei kommen wir jetzt nicht mehr weiter.«

»Müssen Sie den Bilddiebstahl erwähnen?«

»Nicht unbedingt. Aber ich muss den Beamten Lenas Namen und Foto geben. Und eine gute Begründung, warum sie nach ihr fahnden sollen.«

»Wenn es hilft: Die Polizisten können mich jederzeit anrufen.«

»Gut. Ich melde mich, sobald ich etwas von Lena höre.«

Ich legte den Hörer auf. Zwischen dem Telefon und dem Computer stand meine Diskettenbox. Und auf der Diskettenbox lag ein langes braunes Haar. Weder Sarah noch ich hatten lange braune Haare. Außer uns beiden hatte in letzter Zeit niemand den Computer benutzt.

Ich holte ein Plastiktütchen und steckte das Haar hinein. Dann ging ich die Disketten durch. Es waren noch alle da. Vielleicht war Lenas Paranoia ansteckend.

Mir fielen die beiden Männer ein, die im Auto gesessen hatten. Von meinem Wohnzimmerfenster aus konnte ich die Straße überblicken. Die silberne Limousine war weg. Dummerweise hatte ich nur auf das Ortskennzeichen geschaut: ST für den Landkreis Steinfurt. Warum hatte ich mir nicht das ganze Kennzeichen gemerkt? Anscheinend wurde ich zu langsam für meinen Job.

»Sie war bei dir?«, fauchte Stürzenbecher. »Sie war den ganzen Tag bei dir und du hast mir kein Wort davon gesagt?«

»Ich bin meinem Auftraggeber verpflichtet«, verteidigte ich mich. »Dafür werde ich bezahlt.«

Der Hauptkommissar setzte sich breitbeinig auf seinen Sessel. »Nochmal langsam, damit ich es verstehe: Lena Gessner kommt zu dir und behauptet, ihr Freund sei ermordet worden. Du fragst mich, ob an der Behauptung etwas dran sein könnte, was ich für unwahrscheinlich halte. Am nächsten Morgen verlässt Lena Gessner deine Wohnung und steigt wenige Stunden später in einen blauen Kombi. So weit richtig?«

»Ja«, sagte ich. Die beiden Männer, die vor meinem Haus im Auto gesessen hatten, und das Haar auf meiner Diskettenbox erwähnte ich lieber nicht. Stürzenbecher würde mich vermutlich für verrückt erklären.

»Und wo ist das Problem?«, fragte er.

»Der blaue Kombi. Wem gehört der Kombi und warum ist sie mitgefahren? Könnte der Kombi etwas mit ...«, ich wählte meine Worte sorgsam, »... dem Tod ihres Freundes Simon zu tun haben?«

»Dem angeblichen Mord«, versetzte er bissig.
»Wenn du so willst.«
»Kanntest du den Jungen?«
»Nicht wirklich.«
»Simon Konrad.« Er schlug die Akte auf. »Dreiundzwanzig Jahre alt, die Eltern früh geschieden. Er blieb mit seinen Geschwistern bei der Mutter, die häufig ihre Freunde wechselte. Problematischer Familienhintergrund, kein Schulabschluss, dafür ab vierzehn eine stetig wachsende Zahl von kleineren Delikten: Eigentumsdelikte, Körperverletzung, Verstöße gegen das Drogengesetz. Das geborene Opfer, das zum Täter wird. Sein Ende ist alles andere als ungewöhnlich.«
»Die beiden hatten Geld«, sagte ich.
»Aha.« Er kniff die Augen zusammen. »Endlich kommst du mit der Wahrheit heraus. Wie viel?«
»Zehntausend Euro.«
»Aus einem Einbruch, Diebstahl?«
»Von Lenas Vater.«
»Moment mal!« Stürzenbecher japste. »Der Vater spendiert der entlaufenen Tochter mal eben zehntausend Euro?«
»Ich darf dir nicht alle Einzelheiten verraten.«
»Und das Geld ist weg?«
»Nach Simons Tod war es noch da.«
Er sandte einen verzweifelten Blick zur Decke. »Vielleicht verrätst du mir, worauf du hinauswillst?«
»Das weiß ich ja selbst nicht«, gab ich zu. »Ich mache mir schlichtweg Sorgen um Lena. Kannst du nicht nach ihr fahnden lassen?«
»Mit welcher Begründung?«
»Wird sie nicht als Zeugin gesucht?«

»Na schön.« Stürzenbecher nickte. »Ich werde eine Fahndung herausgeben.«

»Danke.«

»Und, Wilsberg!«

»Ja?«

»Solltest du mir etwas Wesentliches verheimlichen, werde ich deinen Arsch auf kleiner Flamme grillen.«

»Das bin ich doch von dir gewohnt.«

Auf dem Rückweg hielt ich beim Supermarkt an und kaufte meine Wochenration an Tiefkühlpizzen und Fertiggerichten. Dann setzte ich mich ins Büro und wartete auf Anrufe von Lena, der Malerin oder Stürzenbecher. Da mich das Warten nicht ausfüllte, schrieb ich alles auf, was ich über Lena und den vermeintlichen Mord wusste. Manchmal hilft das, Lücken zu entdecken. In diesem Fall waren die Lücken größer als die gesicherten Informationen.

Bis zum Abend erfolgte kein Anruf. Ich war frustriert. Selbstzweifel nagten an mir. Um mich zu beschäftigen, aß ich eine Pizza. Als ich gerade den Teller in die Spülmaschine stellte, läutete die Türglocke.

Ich drückte auf den Türöffner und hoffte, dass Lena heraufkommen würde. Fast gleichzeitig klopfte es an meiner Wohnungstür. Meine Hand lag schon auf der Türklinke, als ich durch das Guckloch sah, dass im Hausflur kein Licht brannte. Wenn man am Abend jemanden besucht, tastet man sich normalerweise nicht im Dunkeln die Treppe hinauf. Wieso hatte die Person, die vor meiner Tür stand, genau das getan?

»Wer ist da?«, fragte ich durch die Tür.

Keine Antwort, stattdessen ein erneutes Klopfen.

Ich wartete und die Person vor meiner Tür wartete auch. Dann glaubte ich ein Flüstern zu hören, ein männliches Flüstern. Kurz darauf quietschten Schuhe auf der Treppe.

Ich öffnete das Wohnzimmerfenster und schaute hinaus. Zwei Männer, deren Gesichter ich nicht erkennen konnte, verließen das Haus. Ich zweifelte jedoch nicht daran, dass es dieselben waren, die ich am Mittag bemerkt hatte.

Im unbeleuchteten Treppenhaus hastete ich nach unten, rannte durch den Hinterausgang in den Garten, kletterte über den Zaun in den nächsten Garten und gelangte von dort aus in eine Toreinfahrt. Und schaffte es tatsächlich, mir das komplette Nummernschild des wegfahrenden Autos zu merken.

Anschließend rief ich Franka an. Sie kannte jemanden beim Straßenverkehrsamt, der ihr gelegentlich auf dem kurzen Dienstweg und gegen diskrete Zahlungen Auskünfte gab. Franka war kurz angebunden und offenbar noch nicht bereit, unser Telefongespräch vom Morgen zu vergessen. Aber sie erklärte sich bereit, den Halter des Fahrzeugs zu ermitteln.

Bevor ich ins Bett ging, schob ich eine Kommode vor die Wohnungstür. So würde mich jedenfalls niemand im Schlaf überraschen können. Gerne hätte ich auch eine Pistole unter dem Kopfkissen versteckt. Da ich keine besaß, legte ich mein schnurloses Telefon auf den Nachttisch.

VI

Nach dem Frühstück kaufte ich eine Metallkette für die Tür. Eigentlich bin ich kein Sicherheitsfanatiker, obwohl ich gelegentlich Firmen in solchen Fragen berate. Bis jetzt hatte ich auch ohne Alarmanlage gut geschlafen und abgesehen von meinem schon leicht angegrauten Computer und den gespeicherten Klientendaten gab es in meiner Wohnung ohnehin nichts Wertvolles zu stehlen. Außerdem wusste ich, dass man letztlich niemanden davon abhalten konnte, in eine fremde Behausung einzudringen, es kam nur auf den Grad der Skrupellosigkeit und die Wahl der Methoden an.

Trotzdem wollte ich es den potenziellen Eindringlingen nicht zu einfach machen. Um kontrollieren zu können, ob sie es versuchen würden, klemmte ich ein Haar zwischen Tür und Türpfosten, bevor ich abschloss.

Dann fuhr ich zu Frankas Rechtsanwaltspraxis. Natürlich hätte ich auch einfach anrufen können, aber ich hoffte, ein persönliches Gespräch würde die Missstimmigkeiten, die sich in den letzten Tagen zwischen uns eingeschlichen hatten, beseitigen.

Die Praxis, die sich Franka mit ihrem Rechtsanwaltskollegen und zwei Sekretärinnen teilte, lag an der Frauenstraße, ungefähr auf halbem Weg vom Dom zum Schloss, den beiden geschichtsträchtigsten Gebäuden Münsters. Eine der beiden Sekretärinnen sagte, Franka telefoniere gerade, ich solle mich doch bitte ins Wartezimmer setzen.

Dort schnappte ich mir vom Stapel eine Illustrierte. Als Franka endlich erschien, hatte ich einen fast vollständigen

Überblick darüber, welche älteren Schauspieler mit neuen, jungen Freundinnen gesehen worden waren.

Franka trug ein dunkelblaues, sehr businesslike aussehendes Kostüm und hochhackige Schuhe. »Warum hast du nicht angerufen?«

»Ich dachte, wir sollten etwas klären.«

»Was gibt es da zu klären?« Sie führte mich in ihr Büro, das abgesehen von ein paar abstrakten Grafiken an den Wänden ganz in Weiß gehalten war, einschließlich der Möbel. Kein Ort, an dem man über etwas anderes als Akten nachdenken mochte.

»Ich habe das Gefühl, du bist sauer auf mich.«

»Nein.« Sie gab mir einen Zettel. »Ich musste einen anderen Detektiv engagieren, das habe ich dir ja angekündigt.«

»Es ist nicht so, dass ich nicht mehr für dich arbeiten will.«

»Ich kenne dich lange genug, Georg.« Franka lächelte. »Ich war nicht sehr rücksichtsvoll. Tut mir Leid.«

Ich lächelte zurück. »Schon vergessen.«

»Ist das Mädchen denn wieder aufgetaucht?«

»Leider nicht.«

Franka zeigte auf den Zettel. »Und wofür brauchst du den Besitzer des Wagens?«

Ich erzählte ihr von den beiden Männern im Hausflur.

»Du denkst, da besteht ein Zusammenhang?«

»Das weiß ich erst, wenn ich es überprüft habe.« Ich las, was auf dem Zettel stand: ein Name und eine Adresse in Wettringen. »Wolfgang Alvers. Hat dein Bekannter beim Straßenverkehrsamt noch etwas über den Mann gesagt?«

»Nur, dass er dreiundsechzig Jahre alt ist.«

Die beiden Männer waren eindeutig jünger gewesen. »Und der Wagen ist nicht als gestohlen gemeldet?«

»Nein. Bisher nicht.« Franka brachte mich zur Tür. »Sei vorsichtig, Georg!«

Auf der B 54 fuhr ich bis Burgsteinfurt und von dort aus in Richtung Rheine. Wettringen lag irgendwo dazwischen, in der flachen münsterländischen Ebene. Zuerst kam ich durch ein Neubaugebiet, dann wurden die Häuser älter und die Gärten größer. Wolfgang Alvers wohnte in der Nähe der Stadtmitte, gehörte also nicht zu den Neubürgern, die es wegen der niedrigen Grundstückspreise und der Eigenheimzulage aufs Land gezogen hatte. Sein Vorgarten sah ähnlich gepflegt aus wie die der Nachbarn, allein die beiden Dreiecksständer mit den Konterfeis von Gottfried Guber und ihm selbst, die auf dem kurz geschnittenen Rasen platziert waren, stachen aus der einheitlichen Gestaltung heraus. Dass die silber-metallicfarbene Limousine nicht zu sehen war, musste nicht viel bedeuten, sie konnte sich in der Doppelgarage neben dem Haus verstecken.

Ich fuhr am Haus vorbei und parkte ein paar hundert Meter entfernt. Dann schlenderte ich zurück. Wolfgang Alvers trat als Direktkandidat für die *Demokratische Alternative Deutschland* im Kreis Steinfurt an, entnahm ich beim näheren Hinsehen den Plakaten, die einen rüstigen Rentner mit seriösem Anzug und schwarz-rot-goldener Krawatte zeigten.

Alvers kam persönlich an die Haustür. Er sah nicht ganz so rüstig aus wie auf den Plakaten, bei denen der Grafiker wohl mit etwas Gesichts- und Haarfarbe nachgeholfen hatte, auch trug er weder Anzug noch Krawatte, sondern eine graue Stoffhose und ein beige Polohemd. Ohne die Wahlwerbung hätte ich ihn für einen jener älteren Männer gehalten, die gerne in Parks herumstehen und anderen beim Schachspielen oder Entenfüttern zusehen.

»Ja?«, fragte der Direktkandidat.

»Ich dachte, ich komm mal vorbei«, sagte ich. »Sie sind doch unser Kandidat.«

»Natürlich.« Sein verkniffener Mund verzog sich zu einem Grinsen. »Wo wohnen Sie?«

»Hinter der Kirche«, antwortete ich vage.

»Bei der Sporthalle?«

»Nicht ganz, aber in der Nähe.« Bevor er weiterfragen konnte, wechselte ich schnell das Thema: »Brauchen Sie noch Leute, die beim Wahlkampf mitmachen?«

»Immer.« Er musterte mich kritisch. »Sie sind nicht Parteimitglied, oder?«

»Noch nicht. Ich bin kein Vereinsmensch. Aber bei der DAD ist das was anderes. Die muss man als anständiger Deutscher einfach unterstützen.«

»Klar.« Er strahlte wieder. »Bei uns sind Sie richtig. Wir sind ja sozusagen ein Anti-Verein.« Dabei streckte er seine Hand nach oben und klopfte mir auf die Schulter. In seinen bequemen Hausschuhen war Wolfgang Alvers höchstens einen Meter fünfundsechzig groß.

Direkt neben der Haustür gab es ein holzgetäfeltes Kabuff, das die Wahlkampfzentrale der örtlichen DAD darstellte. Stapel von Wahlkampfzeitungen, Plakaten und Flugblättern lagen auf dem Boden und einem an der Wand befestigten Brett. Über dem Faxgerät hing ein gerahmtes Foto, auf dem Alvers zusammen mit Gottfried Guber vor dem münsterschen Schloss abgebildet war. Alvers reichte Guber nur bis zur Achselhöhle und das gewohnte Lächeln des Großen Vorsitzenden wirkte sichtbar angestrengt.

»Gottfried und ich sind Freunde«, sagte Alvers stolz. »Als er die Partei gegründet hat, war ich sofort zur Stelle.«

»Und vorher?«, fragte ich. »Waren Sie da in einer anderen Partei?«

»Mal hier, mal da«, nuschelte er unbehaglich. »Aber das spielt keine Rolle. Mit der DAD werden wir die fünf Prozent schaffen.«

»Fünf?« Ich zog die Augenbrauen hoch. »Ich rechne eher mit zehn.«

»Schön wär's ja.« Er wischte sich den Schweiß von der Stirn. In dem kleinen Raum war es ungemütlich stickig. »Andererseits sollten wir nicht zu hohe Erwartungen wecken. Nordrhein-Westfalen ist ein Flächenstaat. Was der Schill in Hamburg geschafft hat, lässt sich hier nicht ohne weiteres wiederholen. In einem Stadtstaat gibt es viel mehr Probleme mit Ausländern.«

»Dafür gibt es auf dem Land mehr Menschen, für die Recht und Ordnung noch echte Werte sind.«

»Wem sagen Sie das?« Alvers holte zwei zusammengeklappte Gartenstühle aus der Ecke und drückte mir einen in die Hand. »Setzen Sie sich!«

Da zwischen den Papierbergen und Tischen wenig Platz blieb, saßen wir fast Knie an Knie. Ich bekam eine herbe Prise seines strengen Körpergeruchs ab.

»Sie kennen unser Parteiprogramm?«, erkundigte sich der Kandidat.

Jetzt stellte es sich als Vorteil heraus, dass ich Gubers Flugblatt nicht wie Cordula Deistermann zerknüllt, sondern den Inhalt vor der Entsorgung im Papierkorb überflogen hatte: »Nur in groben Zügen: Einwanderungsstopp. Abschiebung von kriminellen Ausländern. Härteres Vorgehen gegen Kriminelle, insbesondere gegen Drogendealer, die sich an Schulkinder heranmachen. Schutz der deutschen Kultur und der deutschen Produkte. Gegen den amerikanischen Hollywood-Imperialismus und die Brüsseler Bürokratenherrschaft.«

Alvers nickte eifrig. »Das ist die offizielle Version.«

»Und intern?«

»Da wird Klartext geredet.« Er schob seinen Kopf dichter an meinen heran und raunte verschwörerisch: »Im inneren Kreis, unter uns Funktionären, kann Gottfried ganz schön vom Leder ziehen.«

»Worüber?«

»Das werden Sie noch erfahren, wenn Sie bei uns mitmachen.«

»Schade.« Ich bemühte mich, enttäuscht auszusehen.

Alvers sog Luft durch die Nase ein. Der Drang, mir mit seinen intimen Kenntnissen zu imponieren, wurde übermächtig. »Ich frage Sie nur eins: Warum haben die USA den Irak überfallen? Es gab weder Massenvernichtungswaffen noch hat Saddam Hussein diesen Osama Bin Laden unterstützt.«

»Und warum?«

»Die führenden Strategen in den USA sind Juden. Die wollen Israel quasi von hinten befreien. Dann wären die Probleme, die Israel mit den Palästinensern hat, endgültig gelöst. Gottfried sagt, es würde ihn nicht wundern, wenn bald amerikanische Panzer vor Jerusalem stehen.«

Ich schnippte mit den Fingern. »Darauf muss man erst mal kommen.«

»Sehen Sie!«, sagte er triumphierend.

»Ich finde sowieso, dass man in Deutschland zu viel Rücksicht auf die Juden nimmt.«

Alvers schaute zur Tür. »So etwas würden wir nie sagen.«

»Natürlich nicht. Aber man darf es doch denken.«

»Solange es unter uns bleibt.« Er grinste. »In der Öffentlichkeit müssen Sie sich in solchen Dingen zurückhalten, wenn Sie bei uns mitmachen wollen. Gottfried möchte nicht, dass er in die antisemitische Ecke gedrängt wird. Das Thema ist in Deutschland immer noch tabu.«

»Leider«, bestätigte ich.

»Der Haider hat es da einfacher.« Alvers klang wehmütig. »Die Österreicher tun ja so, als seien sie gegen ihren Willen ins Dritte Reich gezwungen worden. Die können viel unbefangener über die Vergangenheit reden.«

»Dabei war der Führer ein Österreicher.«

Er schaute mich mit offenem Mund an und schien zu überlegen, wie ich das meinte.

Allmählich verspürte ich einen Brechreiz. Ob das an der stickigen Luft, seinem penetranten Geruch oder unserem Gesprächsthema lag, konnte ich nicht sagen.

»Aus heutiger Sicht«, versuchte ich meinen Fehler auszubügeln. »Wir wissen doch alle, dass es in der Ostmark eine starke deutschnationale Bewegung gab.«

Er nickte versöhnlich. »Irgendwann wird die Zeit kommen, in der man alles offen ansprechen kann. Bis dahin müssen wir uns mit Andeutungen begnügen.«

»Darin ist Guber ja ein Meister.«

»Wohl wahr. Er versteht es, die Leute um den Finger zu wickeln. Auf einen wie ihn hat man in Deutschland lange gewartet. Außerdem«, Alvers zwinkerte mir zu, »hat Gottfried nie ein Geheimnis darum gemacht, dass sein Vater bei der SS war. So etwas prägt natürlich. Er hat sich immer geweigert, sich von seinem Vater zu distanzieren.«

»Wo kämen wir hin, wenn wir alles schlecht machen würden?«

»Eben.«

Ich hoffte, dass ich genügend rechtsradikalen Müll abgesondert hatte, um ihn in Sicherheit zu wiegen. Jedenfalls wurde es Zeit, auf den Punkt zu kommen, der mich interessierte. Sonst würde ich ihm noch auf die graue Stoffhose kotzen. »Die Familie ist das Wichtigste. Ich nehme an, Ihre Familie steht hinter Ihnen und unterstützt Sie im Wahlkampf?«

Er wurde nicht misstrauisch. »Meine Frau hält sich da raus. Aber mein Sohn ist auch in der Bewegung.«

Ich bemühte mich, es wie eine beiläufige Frage klingen zu lassen: »Was macht er?«

»Er arbeitet direkt bei Gottfried, in der Stabsabteilung.«

»Ach? Dann ist er ja im Zentrum der Macht?«

Alvers schwoll die Brust. »Mehr kann ich dazu nicht sagen. Das ist geheim, das müssen Sie verstehen.«

»Sicher.« Ich lächelte anerkennend. »Sie sind bestimmt mächtig stolz auf ihn?«

»Jeder Vater wäre stolz auf so einen Sohn.«

»Hilft er Ihnen auch bei der Logistik?«

»Bei der was?«

»Na ja«, ich machte eine Armbewegung zu den Papierbergen, »die Wahlkampfmaterialien müssen ins Auto geschafft und wieder ausgeladen werden. Das ist eine Menge Arbeit.«

»Mein Junge hat Wichtigeres zu tun.« Seine Stimme klang angespannt. Anscheinend hatte ich mein Vertrauenskonto erschöpft.

»Sie machen das ganz allein?«

»Das schaffe ich schon. Außerdem habe ich dafür meine Leute. Es gibt genug, die helfen wollen.« Er schaute mich an. »So wie Sie.«

»Natürlich.« Ich stand auf. »Deshalb bin ich ja hier.«

»Dann schreiben Sie mal Ihren Namen, Ihre Adresse und Ihre Telefonnummer auf!« Er drückte mir einen Schreibblock in die Hand.

Ich krakelte einen Fantasienamen und eine unleserliche Adresse auf das Papier und warf den Block auf den Tisch. »Hat mich gefreut, Sie kennen zu lernen.«

»Ganz meinerseits.« Er streckte mir die Hand zum Gruß entgegen. »Sie kommen doch zu unserer nächsten Versammlung?«

»Wo findet die statt?«

»Nächsten Mittwoch in der Gaststätte *Zum Landsmann.* Sie wissen, wo das ist?«

»Ich werde da sein.«

»Es gibt viele, die reden, aber nur wenige, die handeln«, gab er mir zum Abschied mit auf den Weg.

Ich fragte mich, was wohl Cordula Deistermann sagen würde, wenn sie meine Unterhaltung mit Wolfgang Alvers mitbekommen hätte. Vermutlich würde sie eine Nachbarschaftsversammlung einberufen und mich als Neonazi geißeln. Zumindest würde sie mir vorwerfen, dass ich für einen Auftrag zu jeder opportunistischen Blödheit bereit sei.

Immerhin wusste ich jetzt, dass einer der beiden Männer, die vor meiner Wohnungstür gestanden hatten, mit großer Wahrscheinlichkeit der Sohn von Wolfgang Alvers war und der Stabsabteilung von Gottfried Guber angehörte. Aber was hatten die Männer von mir gewollt? Oder hatten sie es gar nicht auf mich, sondern auf Lena Gessner abgesehen? Gab es eine Verbindung zwischen Lena und Guber? Hatte er überhaupt etwas damit zu tun oder war es reiner Zufall, dass Alvers' Sohn für ihn arbeitete? Beruhte die ganze Geschichte möglicherweise auf einem Missverständnis, hatten die Männer einfach an die falsche Tür geklopft?

Nein, als ich mir die Situation noch einmal ins Gedächtnis rief, war ich mir sicher, dass sie sich nicht geirrt hatten.

Ich setzte mich ins Auto und schaltete das Handy ein. Hauptkommissar Stürzenbecher hatte in der Zwischenzeit angerufen. Ich gab den Rückrufbefehl ein.

»Wir haben die Kleine gefunden, diese Lena Gessner.«

»Wo?«

»Auf der Landstraße zwischen Münster und Greven.«

Ich bekam einen trockenen Mund. »Ist sie verletzt?«

»Körperlich nicht.«

»Was heißt das?«

»Autofahrer haben uns angerufen, weil sie auf der Straße herumirrte und einen geistig verwirrten Eindruck machte. Als die Streife sie mitnehmen wollte, hat sie geschrien und sich gewehrt. Jedenfalls war aus ihr kein vernünftiges Wort herauszubekommen.«

»Wo ist sie jetzt?«

»In *Marienthal*. Die Ärzte sagen, dass sie ein paar Tage Ruhe braucht. Vorläufig kann man nicht mit ihr reden.«

VII

Von Westen zog ein Gewitter heran. Der Himmel verdunkelte sich und die Luft war so stickig, dass der Schweiß auf der Haut nicht mehr verdunstete. Nach den Tagen der Hitze würde es einen heftigen Regenschauer geben. Die Menschen auf dem Bahnsteig schauten argwöhnisch nach oben. Niemand hatte einen Regenschirm dabei. Wenn es in Münster mal eine Woche lang nicht regnete, vergaß man, dass das nicht der Normalzustand war.

Der Zug aus Düsseldorf rollte in den Bahnhof. Nora Gessner war von Zürich nach Düsseldorf geflogen und dann in den Zug umgestiegen. Unterbrochen von einigen Funklöchern hatte ich ihr bereits mitgeteilt, was ich von Stürzenbecher erfahren hatte.

Als sie aus dem Zug stieg, nahm ich ihr den Koffer ab. Sie sah angespannt aus. Ich fühlte mich auch mies.

»Können wir sofort zu ihr fahren?«

»Ja«, sagte ich. »Aber ich weiß nicht, ob Sie mit ihr reden können.«

»Ich möchte sie auf jeden Fall *sehen.*«

Durch den Tunnel gingen wir zum Ostausgang. Der münstersche Hauptbahnhof wurde von Jahr zu Jahr hässlicher. Seit ungefähr fünfundzwanzig Jahren kündigte *Die Bahn,* die damals noch Deutsche Bundesbahn hieß, an, dass sie den Bahnhof renovieren würde. Alle drei Jahre verschob sie den Umbautermin. Und nach der genialen Preisreform war für Erneuerungen ohnehin kein Geld mehr in der Kasse. Also würde sich wohl auch in den nächsten fünfundzwanzig Jahren nichts ändern. Falls der Bahnhof bis dahin noch stand.

»Es tut mir Leid«, sagte ich.

»Es ist nicht Ihre Schuld. Sie brauchen sich keine Vorwürfe zu machen.«

Das war leichter gesagt als getan.

Wir schafften es noch bis ins Auto, bevor der Wolkenbruch einsetzte. Der Regen war mit Hagel vermischt, die Autos krochen im Schneckentempo über die Straßen. Unter den Brücken staute sich das Wasser zu kleinen Seen und zwischen den Donnerschlägen heulten die Sirenen der Feuerwehrwagen.

Die Westfälische Klinik für Psychiatrie wurde von den Münsteranern *Marienthal* genannt, weil sie während des Preußischen Kulturkampfes von Nonnen des Klosters Marienthal gegründet worden war. Als wir auf dem Besucherparkplatz ankamen, klärte sich der Himmel schon wieder auf.

Nora erkundigte sich an der Pforte nach ihrer Schwester und mithilfe eines Lageplans fanden wir auf dem weitläufigen Gelände das richtige Gebäude.

»Sie schläft«, sagte der Arzt. »Wir haben ihr ein starkes Beruhigungsmittel gegeben. Aber Sie können ruhig reingehen.«

Ich wartete auf dem Flur. Als Nora nach einer halben Stunde wieder herauskam, schüttelte sie nur den Kopf.

Nach dem Gewitter war die Luft angenehm frisch.

»Ich werde später noch einmal herkommen«, sagte Nora. »Können Sie mich zu meiner Unterkunft bringen?«

Ich hatte in einem kleinen gemütlichen Hotel in der Innenstadt ein Zimmer für sie gebucht. Die Rückfahrt verlief ähnlich schweigsam wie die Fahrt vom Bahnhof zur Klinik. Nora war in Gedanken versunken und starrte aus dem Fenster, ohne etwas wahrzunehmen.

Erst als wir vor der Eingangstür des Hotels standen, erwachte sie aus ihrer Lethargie. »Ich frage mich, was Lena erlebt hat.«

Sollte ich ihr von dem blauen Kombi und den beiden Männern vor meiner Wohnungstür berichten oder würde ich sie damit nur unnötig beunruhigen? »Das wird sie Ihnen bestimmt bald erzählen.«

»Ja.« Sie wandte sich zur Hoteltür.

»Möchten Sie mit mir essen gehen?«, fragte ich.

»Nein, ich …« Sie blieb stehen und lächelte. »Entschuldigen Sie, ich bin sehr unhöflich. Sie chauffieren mich durch die Stadt und ich bedanke mich nicht einmal. Ich gehe Ihnen bestimmt auf die Nerven.«

»Überhaupt nicht. Außerdem sind Sie meine Auftraggeberin.«

»Wenn ich es recht bedenke, habe ich großen Hunger. Geben Sie mir fünf Minuten! Dann bin ich wieder unten.«

Aus den fünf Minuten wurden zehn. Als sie auf die Straße trat, hatte sie nicht nur die Kleidung gewechselt, sie sah auch entspannter aus. »Wohin gehen wir?«

Ich wählte ein Restaurant am Hafen. An den Zürichsee reichte der Ausblick nicht heran, aber immerhin schauten wir auf Wasser.

Während des Essens vermieden wir heikle Themen. Doch zum Espresso benutzte sie den Satz, der mir auf der Zunge lag: »Ich habe Ihnen noch nicht alles erzählt.«

»Worüber?«

»Über Lena. Ich habe doch erwähnt, dass sie sich nach dem Tod unserer Mutter verändert hat.« Sie hörte auf, in ihrem Espresso zu rühren, und schaute mich an. »Möglicherweise war dafür noch etwas anderes verantwortlich. Oder jemand anderer.«

»Was meinen Sie?«

»Meine Mutter starb an Krebs. Ein langsamer, qualvoller Tod. Ich war damals vierzehn. Es hat mich sehr mitgenommen, als sie immer schwächer wurde und ich irgendwann begriff, dass das keine Krankheit war, die geheilt werden konnte. Aber ich habe versucht, mein normales Leben weiterzuführen, ich bin zur Schule gegangen und habe meine Freundinnen getroffen. Für meinen Vater war es schlimmer. Er ist nicht mehr zur Bank gegangen und hat fast pausenlos am Krankenbett gewacht. Als sie endlich starb, ist er zusammengebrochen. Er brauchte Monate, um sich wieder zurechtzufinden. Während dieser Zeit haben ihn die kleinsten Dinge des Alltags überfordert. Er war nicht in der Lage, sich um Lena und mich zu kümmern. Ich kam ganz gut allein zurecht, ich war ja die ältere und stärkere von uns beiden. Aber Lena war schon damals ein störrisches, verwöhntes Mädchen, sie ließ sich von mir nichts sagen. Unsere Tante Ines, die Schwester meiner Mutter, ist eine Weile zu uns gezogen und hat Lena unter ihre Fittiche genommen. Den anschließenden Sommer haben wir dann in ihrem Ferienhaus im Tessin verbracht. Mit ihr und ihrem Mann.« Nora schaute auf das Hafenbecken. »Onkel Manfred.«

Ich ließ ihr Zeit für die Fortsetzung.

Ihre Stimme zitterte: »Onkel Manfred war ein Schwein. Er hatte es auf mich abgesehen. Ständig lief er hinter mir her, er berührte mich unter allen möglichen Vorwänden, erzählte mir, wie hübsch ich sei und was für einen tollen Körper ich habe. Ich war verwirrt und wusste nicht, wie ich reagieren sollte. Ich mochte Ines und wollte sie nicht vor den Kopf stoßen. Für eine Vierzehnjährige ist so etwas furchtbar peinlich, man fühlt sich selbst schuldig, obwohl es dafür nicht den geringsten Grund gibt.« Sie holte Luft. »Einmal, ich stand unter der Dusche, kam er ins Badezimmer. Er zog den Duschvorhang zurück und betrachtete meinen nackten Körper mit einem lüsternen Grinsen. Da bin ich ausgerastet. Ich habe ihn angeschrien, er solle verschwinden. Wenn er mir noch einmal zu nahe käme, würde ich zur Polizei gehen und ihn anzeigen.«

»Und wie hat er reagiert?«, fragte ich.

»Von dem Tag an war Ruhe. Er hat mich fortan ignoriert. Aber ...« Die Finger, mit denen sie ihr Gesicht rieb, hinterließen rote Striemen. »... ich weiß nicht, wie es Lena ergangen ist.«

»Sie glauben ...«

»Ich habe in jenem Sommer nicht daran gedacht. Ich war zu sehr mit mir selbst beschäftigt, vielleicht auch zu naiv, um zu glauben, dass sich ein erwachsener Mann an ein elfjähriges Mädchen heranmachen könnte. Es gab keine Beweise, ich habe nichts gehört oder gesehen. Andererseits war Manfred gewarnt. Er wusste, dass er sehr vorsichtig sein musste. Lena und ich schliefen in getrennten Zimmern. Und die Türen waren nie verschlossen.«

Ich dachte daran, wie Lena sich nach einem Schlüssel für Sarahs Zimmer erkundigt hatte.

»Tatsache ist«, fuhr Nora fort, »dass Lena nach diesem Sommer eine andere war. Später, als ich richtig begriff, dass dieser nette Onkel sich nicht einfach nur danebenbenommen hatte, sondern eine echte Gefahr darstellte, habe ich Lena gefragt. Das heißt, ich habe es versucht, sie hat abgeblockt und behauptet, es sei nichts vorgefallen.

Mag sein, dass ich mich irre, doch mein Gefühl sagte mir, dass sie lügt.«

»Es würde erklären, warum sie sich so gegen ihre Familie sträubt.«

Nora nickte. »Es würde vieles erklären.«

»Haben Sie mit Ihrem Vater über den Verdacht geredet?«

»Ja. Allerdings hat er genauso abgewiegelt wie Lena. An der Sache sei nichts dran, ich sei ein Opfer meiner überreizten Fantasie, Ines hätte das auf jeden Fall verhindert. Was zunächst plausibel klingt, einer näheren Betrachtung aber nicht standhält. Ines muss bemerkt haben, dass Manfred mich belästigt hat. Und sie hat nichts unternommen, um mir zu helfen.«

Sie schwieg einen Moment. »Ich dachte, Sie sollten das wissen. Es ist der eigentliche Grund, warum ich mich für Lena verantwortlich fühle.«

»Wenn Ihr Onkel das, was Sie vermuten, getan hat, trägt er allein die Schuld.«

»Ich hätte es verhindern können.«

»Seien Sie nicht zu hart mit sich selbst – Sie waren vierzehn.«

Sie lächelte bitter. »Das ist allein meine Sache, oder nicht?«

Nun war die Reihe an mir, die Wahrheit zu sagen: »Ich habe Ihnen auch noch nicht alles erzählt.«

»Geht es um etwas, was mit Lenas Verschwinden zusammenhängt?«

»Vielleicht. Bislang sind es reine Vermutungen.«

»Und warum sagen Sie das erst jetzt?«

»Es könnte in die völlig falsche Richtung führen.«

Auf ihrer Stirn schwoll eine Zornesader. »Ich will alles wissen. Dafür bezahle ich Sie – stimmt's?«

Also berichtete ich ihr, was ich erlebt und herausgefunden hatte, bis hin zu Gottfried Guber.

Nora war verblüfft. »Denken Sie, die beiden Männer waren hinter Lena her?«

»Oder hinter etwas, was sie bei sich hatte.«

»Was sie in Ihrer Wohnung zurückgelassen haben könnte?«

»Das würde erklären, warum die Männer bei mir eindringen wollten.« Oder bereits eingedrungen sind, fügte ich in Gedanken hinzu. Falls das braune Haar auf meiner Diskettenbox von einem der beiden Männer stammte.

»Was könnte das sein?«, fragte Nora.

»Ich hatte gehofft, Sie würden mir bei der Beantwortung dieser Frage helfen.«

Sie schüttelte den Kopf. »Ich habe keine Ahnung.«

»Wäre es möglich«, formulierte ich eine Idee, die mir in den letzten Stunden gekommen war, »dass Lena noch etwas anderes gestohlen hat außer dem Bild?«

»Und was?«

»Vertrauliche Unterlagen, die sich im Arbeitszimmer Ihres Vaters befunden haben, zum Beispiel die Bankgeschäfte betreffend.«

»Das hätte Papa doch gesagt.«

»Nicht wenn er verhindern will, dass das Verschwinden des Materials bekannt wird.«

Sie schaute mich fassungslos an. »Das glaube ich nicht.«

»Er hat über zwanzigtausend Euro dafür bezahlt, dass er das Porträt Walter Eglis zurückbekommt«, erinnerte ich sie. »Und als ich ihm das Bild gebracht habe, hat er es nicht einmal angeschaut.«

»Er hat es für Lena getan.«

»Oder dafür, dass sie das, was sie noch besitzt, nicht verkauft.«

Eine Kellnerin trat an unseren Tisch. »Möchten Sie noch etwas bestellen?«

»Nein«, sagte ich. »Wir möchten zahlen.«

Diesmal bezahlte ich. Neben der Aussicht reichten zum Glück auch die Preise nicht an Züricher Verhältnisse heran.

Vor ihrem nächsten Besuch im Krankenhaus wollte Nora den Wohnwagenplatz sehen, auf dem Lena zuletzt gelebt hatte. Wieder fuhr ich zum Hawerkampgelände, vorbei an der Galerie der Wahlplakate.

»Halten Sie mal an!«, sagte Nora scharf.

Ich hielt an.

»Das ist Gottfried Guber?«

Ich schaute zu dem künstlerisch verfremdeten Plakat. »Sie müssen sich ihn ohne Hakenkreuz auf der Glatze und Hitlerschnurrbart vorstellen.«

»Ich kenne den Mann.«

Plötzlich war ich elektrisiert. »Sie haben ihn schon mal getroffen?«

»Er hat mit meinem Vater gesprochen.«

»In Zürich?«

»In unserem Haus in Küsnacht. Ich habe ihn nur kurz gesehen, aber so ein Gesicht vergisst man nicht.«

VIII

Nachdem ich ihr den Wohnwagen und das Ateliergebäude gezeigt hatte, setzte ich Nora vor dem Eingang der psychiatrischen Klinik ab.

»Rufen Sie mich an, wenn ich Sie abholen soll!«

Sie lächelte. »Ich kann mir auch ein Taxi nehmen.«

»Ich mache das gerne.«

»Na gut, ich rufe Sie an.«

»Falls Lena aufwacht und etwas darüber sagt, was gestern passiert ist …«

»… rufe ich Sie auch an.«

Auf der Straße vor meinem Haus wartete niemand auf mich und das Haar klemmte noch an der richtigen Stelle, als ich die Wohnungstür aufschloss. Vielleicht hatten sie es ja aufgegeben, mich zu besuchen, oder Lena hatte ihnen erzählt, was sie wissen wollten.

Die Tageszeitungen der letzten Woche lagen gestapelt in einer Ecke meines Büros. Ich blätterte sie durch und las alle Artikel über Gottfried Guber. Neue Erkenntnisse gewann ich dadurch nicht, es ging um Wahlkampfauftritte und Podiumsdiskussionen, ein Interview war auch dabei. Guber vertrat seine üblichen Positionen, die referiert und manchmal mit kritischen Seitenhieben versehen wurden. Typische Texte von Lokalzeitungsjournalisten, die von einem Termin zum nächsten hetzen. Unter den meisten Artikeln stand das Kürzel TOL, unter dem Interview der vollständige Name: Tobias Olpitz. Im Interview stellte Olpitz ziemlich bissige Fragen und der daneben abgedruckte Kommentar, der ebenfalls von ihm stammte, bestätigte den Eindruck, dass Olpitz kein Guber-Anhänger war.

Ich wählte die Nummer der Lokalredaktion und ließ mich mit Olpitz verbinden. »Sind Sie an Informationen über Guber interessiert?«

»Welche Art von Informationen?«

»Das möchte ich Ihnen persönlich sagen.«

»Ich habe viel zu tun.«

»Ich bin Privatdetektiv. Bei einem meiner Fälle bin ich auf Guber gestoßen.«

»Können Sie konkreter werden?«

»Nein. Ich dachte auch eher an ein Geschäft: meine Informationen gegen das, was Sie wissen.«

»Für Geschäfte ist die Chefredaktion zuständig.«

»Es geht mir nicht um Geld. Und ich möchte, dass die Sache unter uns bleibt. Je weniger davon erfahren, desto besser.«

»Wie war nochmal Ihr Name?«

Ich lachte. »Sind Sie interessiert?«

Er überlegte. »Gleich ist Redaktionsschluss. Bis dahin muss ich noch ein paar Texte redigieren. Sagen wir in einer Stunde? In einem Café in der Innenstadt?« Er nannte einen Namen.

Ich war einverstanden.

Das Café war verschachtelt und erstreckte sich über mehrere Ebenen. Der Besitzer hatte ein paar museumswürdige Stücke des alten *Café Schucan* gerettet, der verblichenen Traditionsstätte an Münsters Prachtstraße Prinzipalmarkt, in der Generationen von Studenten, Professoren und Hausfrauen kännchenweise Kaffee getrunken hatten.

Dann war das *Café Schucan* einer Parfümerie und einer Buchhandlung gewichen, so wie die meisten Familiengeschäfte am Prinzipalmarkt inzwischen unter der Filialfahne eines Konzerns segelten. Da man mehr Geld damit verdiente, den Laden zu vermieten, als sich selbst hinter die Theke zu stellen, war es den Nachfahren der alten Kaufmannsfamilien nicht zu verdenken, dass sie ihre Zeit lieber auf dem Golfplatz verbrachten.

Tobias Olpitz war ein hagerer Mann um die dreißig. Er trug das kurzärmelige Hemd lässig über der Hose und eine Ausgabe seiner Zeitung unter dem Arm, woran ich ihn erkannte. Ich winkte ihn an meinen Tisch.

»Ihr Gesicht kommt mir bekannt vor«, sagte er, nachdem wir uns begrüßt hatten. »Waren Sie nicht in die Geschichte mit dem ermordeten Professor verwickelt, die Schießerei auf dem Zentralfriedhof? Das hat Ihnen eine Menge Ärger eingebracht, wenn ich mich richtig erinnere.«

»Ich war in viele Geschichten verwickelt«, erwiderte ich. »Einige sind passiert, als Sie vermutlich noch zur Schule gegangen sind.«

»Ich bin erst seit zwei Jahren in Münster.« Es klang nicht wie eine Entschuldigung, eher wie eine Warnung an mich, keine alten Anekdoten zu erzählen. »Vorher habe ich ein Volontariat in Borken gemacht.«

Ich lächelte. »Keine sehr aufregende Stadt, nehme ich an.«

»Dagegen ist Münster fast eine Weltstadt.«

»Haben Sie vor, hier alt zu werden?«

»Keine Ahnung. Der *Spiegel* oder der *Stern* hat noch nicht an meine Tür geklopft. Falls sie es tun, wäre ich nicht abgeneigt.«

»Als Lokalredakteur können Sie sich kaum profilieren.

Es sei denn, Sie haben einen richtigen Knaller, der Sie landesweit bekannt macht.«

Er grinste. »Okay. Ein netter Versuch, mich heiß zu machen. Was haben Sie denn zu bieten?«

»Was halten Sie von der Story, dass Gottfried Guber eine junge Frau entführen lässt?«

»Warum sollte er das tun?«

Ich improvisierte: »Weil sie belastendes Material über ihn besitzt, das er unbedingt haben will.«

»Wo ist die Frau jetzt?«

»In einer Klinik.« Ich sagte absichtlich nicht Psychiatrie.

»Ist sie verletzt?«

»Traumatisiert«, wich ich aus.

»Gibt es gerichtsverwertbare Beweise? Beschuldigt die Frau Guber?«

»Nein.«

»Das heißt, ich kann die Geschichte nicht schreiben.«

»Noch nicht«, präzisierte ich. »Ich bin sicher, dass ich in den nächsten Tagen Beweise finden werde. Und Sie wären der Erste, dem ich davon erzähle.«

Er verzog den Mund zu einem schiefen Lächeln. »Das ist ziemlich dünn, Herr Wilsberg.«

»Es ist mehr als die Jahreshauptversammlung eines Karnevalsvereins. Ich biete Ihnen eine Chance.«

»Und was wollen Sie dafür haben?«

»Alles, was Sie über Guber wissen. Und damit meine ich nicht sein Wahlprogramm. Sie haben ihn kennen gelernt, Sie können ihn als Mensch einschätzen.«

»Ich habe Guber erst vor zehn Tagen übernommen. Es wäre vermessen, mich als Guber-Spezialisten zu bezeichnen.«

»Trotzdem finde ich im Moment wahrscheinlich keinen Besseren.«

Er nippte an seiner Apfelschorle. »Na gut. Wenn ich es recht bedenke, habe ich nicht viel zu verlieren. Welche Garantie bekomme ich, dass Sie die Geschichte nicht meistbietend verkaufen?«

»Keine. Und ich muss selbstverständlich zuerst die Polizei informieren. Danach, darauf gebe ich Ihnen mein Wort, sind Sie der Erste.«

Er nickte. »Sie haben Glück, dass ich Guber nicht mag.«

»Davon bin ich ausgegangen.«

»Guber ist der größte Egomane, den ich je getroffen habe. Die wenigsten Politiker können das Wort Bescheidenheit buchstabieren, aber Guber ist extrem. Er unterscheidet die Menschen in solche, die ihm bedingungslos folgen, und jene, die das nicht tun. Die Ersten nutzt er aus, die Zweiten sind seine Feinde. Wissen Sie, wie ihn seine Anhänger nennen, wenn sie unter sich sind?« Er wartete meine Antwort nicht ab. »Sie lassen das *-fried* weg, sie nennen ihn einfach *Gott.*«

»Was hat er gemacht, bevor er die DAD gegründet hat?«

»Er kommt aus einfachen Verhältnissen. Sein Vater war Sturmbannführer bei der SS und wurde nach dem Zweiten Weltkrieg als Kriegsverbrecher verurteilt. Der Alte starb im Gefängnis, die Mutter musste den kleinen Gottfried allein großziehen. Sie hielt sich mit Jobs über Wasser, für mehr als das Nötigste war im Haus Guber kein Geld vorhanden. Das hat ihn geprägt, schon früh seinen Ehrgeiz angestachelt, es den anderen zu zeigen. Er war immer der Beste, sein Abiturzeugnis hatte mit Abstand den besten Durchschnitt des Jahrgangs. Danach hat er

Jura studiert, natürlich auch in Rekordzeit und mit Auszeichnung. Er wurde Rechtsanwalt, aber sein eigentliches Ziel war die Politik. Er versuchte es bei einer der großen Volksparteien. Seine herausragenden intellektuellen Fähigkeiten und seine rhetorische Begabung brachten ihn schnell vorwärts, bis in den Landtag. Aber dann war Schluss, die Karriere endete in einer Sackgasse.«

»Warum?«, fragte ich.

»Man könnte sagen, er war zu schlau für das Mittelmaß der Volksvertreter. Damit macht man sich keine Freunde, zumal er schon damals seinen herrischen Stil pflegte und begann, sich extravagant zu kleiden und schnelle Autos zu fahren. So etwas verstößt gegen den ungeschriebenen Kodex der Biederkeit. Folgenschwerer war allerdings etwas anderes, obwohl das niemand offen aussprechen würde.« Olpitz machte eine kleine Pause. »Guber bekannte sich offen zu seiner Homosexualität und das war in den Achtzigerjahren ein Sakrileg. Natürlich wussten alle, dass es schwule Politiker gab, einige wurden Minister oder sogar Ministerpräsidenten. Aber für die Öffentlichkeit spielten sie die braven Familienväter. Guber hielt sich nicht an die Regel. Auf einem Presseball erschien er mit seinem Lebensgefährten. Das war sein politisches Ende. Die Fraktion schob ihn in einen unwichtigen Ausschuss ab, eine Beförderung zum Staatssekretär oder Minister war aussichtslos. Guber saß noch ein paar Jahre im Landtag ab, dann zog er sich aus der Politik zurück.«

»Wann war das?«

»Ende der Achtzigerjahre. Guber war knapp über vierzig. Es muss hart für ihn gewesen sein. Er hat dann eine Zeit lang als Rechtsanwalt gearbeitet und später eine Beratungsfirma gegründet, die deutschen Firmen bei der

Anbahnung von Kontakten in den arabischen Raum geholfen hat.«

Ich horchte auf. »Er hat Kontakte in den Nahen Osten?«

»Ja. Er hat sogar Arabisch gelernt. Wenn Guber etwas anfängt, macht er es richtig. Seine Geschäfte liefen offenbar ganz gut, allerdings im Verborgenen. Und Guber ist süchtig nach der großen Bühne, er braucht das Scheinwerferlicht. Gerüchten zufolge hat er sich während dieser Zeit bei rechten Zirkeln und Vereinen sehen lassen. Seine Herkunft, sein SS-Vater und seine arabischen Freunde brachten ihm Pluspunkte ein. Aber Guber war zu clever, um sich für eine rechtsradikale Partei einspannen zu lassen. Was er am meisten hasst, ist die Aussicht, zu verlieren. Er wusste, dass seine Zeit noch nicht gekommen war. Erst als Jörg Haider, Pim Fortuyn und der Hamburger Amtsrichter Schill Erfolge feierten, ist er ins politische Geschäft zurückgekehrt. Und wie es aussieht, hat er gute Chancen, in den Landtag zu ziehen, die Umfragen liegen bei acht bis neun Prozent. Wenn das klappt, wird er bei der nächsten Bundestagswahl antreten.«

»Woher kommen seine Anhänger?«

»Meinen Sie die Wähler oder das Fußvolk?«

»Das Fußvolk.«

»Zurzeit nimmt er alle, die er kriegen kann«, sagte Olpitz. »Er hat die DAD aus dem Boden gestampft, da darf er nicht wählerisch sein. Ein gewisser brauner Rand ist auch dabei. Obwohl Guber, wie ich ihn einschätze, die dumpfen Skins und Nazidevotionaliensammler verachtet.«

Ich dachte an Wolfgang Alvers, den rüstigen, braun gestrickten Rentner.

»Gubers Ziel ist eine moderne, rechtspopulistische Partei«, redete Olpitz weiter. »In der Parteiführung und im höheren Parteiapparat findet man keine Neonazis. Im Parteivorstand sitzen sogar zwei Ausländer, wenn auch nur als Feigenblätter. Außerdem sollte man Guber nicht unterschätzen. Er gibt den Anwalt der kleinen Leute aus Überzeugung, das sitzt tief in ihm drin. Und in manchen Positionen ist er tatsächlich liberal, als Schwuler hat er ein Gespür für gesellschaftliche Diskriminierung. Ich denke, dass er sich in einem zweiten Schritt, wenn er die Partei konsolidiert hat, von den braunen Mitläufern trennen will. Doch vorläufig braucht er sie noch als Helfer.«

Olpitz trank einen Schluck aus seinem Glas. »Allerdings gibt es keinen Zweifel, dass Gubers eigentliches Credo Guber heißt. Am wenigsten kann er gleichberechtigte Partner ertragen. Wer sich neben ihm in die Öffentlichkeit drängt oder ihm widerspricht, wird abgeschossen. Das hat er in der kurzen Parteigeschichte schon mehrfach praktiziert.«

»So ein Parteiaufbau und der Wahlkampf kosten eine Menge Geld«, sinnierte ich. »Wissen Sie, woher das stammt?«

Der Redakteur griente. »Aus seinem Privatvermögen, sagt Guber.«

»Sie glauben das nicht?«

»Ich weiß nicht, wie viel er in der Vergangenheit verdient hat. Es wird kolportiert, dass ein entfernter Verwandter ihm eine Fabrik vererbt hat, die er zu Geld gemacht hat. Ich könnte mir auch vorstellen, dass der eine oder andere deutsche Milliardär das, was Guber macht, gut findet.«

»Höhere Geldspenden an eine Partei müssen doch ausgewiesen werden.«

»Geldspenden an eine Partei, ja. Wenn man sie steuerlich absetzen will. Aber es ist nicht verboten, dem Privatmann Guber Geld zu schenken.«

»Solche Geldgeschenke müsste er dann versteuern.«

»Richtig. Aber da gilt das Steuergeheimnis.«

Je länger ich Tobias Olpitz zuhörte, desto sympathischer fand ich ihn. »Für jemanden, der sich erst seit zehn Tagen mit Guber beschäftigt, sind Sie erstaunlich gut informiert.«

»Ich hatte eine gute Vorgängerin.«

»Wer war das?«

»Kathrin Meyer, eine freie Journalistin, die sich in Guber verbissen hatte. Sie wollte sogar ein Buch über ihn schreiben.«

»Wieso hatte und wollte?«

»Sie ist gegen einen Baum gefahren.«

Ein paar Momente lang verstärkte sich der im Café herumwabernde Gesprächsbrei zu einem bedrohlichen Rauschen.

»Ich weiß, was Sie jetzt denken«, sagte Olpitz. »Das war auch unser erster Gedanke. Aber die Polizei hat den Unfall untersucht. Es gab keinerlei Hinweise auf ein Fremdverschulden.«

Der Satz kam mir irgendwie bekannt vor.

Mein Handy klingelte. Es war Nora. »Lena sagt, dass man sie eingesperrt hat.«

»Wer?«

»Sie erinnert sich an zwei Männer.«

»Was wollten die Männer von ihr?«

»So weit bin ich noch nicht. Lena ist sehr müde und konfus.«

»Ich komme sofort.«

Tobias Olpitz schaute mich fragend an.

Ich steckte das Handy in die Tasche. »Möglicherweise habe ich bald Beweise.«

»Denken Sie an unsere Vereinbarung!«

Ich legte einige Euromünzen auf den Tisch und klopfte ihm zum Abschied auf die Schulter.

Bevor ich nach *Marienthal* fuhr, rief ich Stürzenbecher an. Wie vorauszusehen, war er von meinem Anliegen nicht begeistert.

»Willst du dir ihre Aussage entgehen lassen?«, fragte ich.

»Ihre Aussage ist nichts wert, solange sie in der Klinik liegt. Das weißt du genau, Wilsberg.«

»Aber wir bekommen vielleicht Anhaltspunkte für weitere Ermittlungen.«

»Wir?«, höhnte er. »Ob Ermittlungen angestellt werden, entscheide ich immer noch selbst.«

»Komm schon! Für dich ist es nur ein kleiner Spaziergang.« Die Westfälische Klinik für Psychiatrie lag direkt hinter dem Polizeipräsidium.

Stürzenbecher grunzte und legte auf.

Der Hauptkommissar und ich trafen gleichzeitig vor dem pastellfarbenen Gebäude ein.

»Ich mache das nur dir zuliebe«, knurrte Stürzenbecher.

»Würde es dich nicht wurmen, wenn Simon Konrads Tod kein Unfall war?«

»Weißt du auch schon, wer ihn ermordet hat?«

»Hören wir uns doch erst mal an, was Lena Gessner zu sagen hat«, schlug ich vor.

Wir stiegen die Treppe hinauf und gingen über den Flur zu Lenas Zimmer. Ich klopfte.

»Herein!«, rief Nora.

Lena war noch schmaler und bleicher, als ich sie in Erinnerung hatte. Falls sie sich freute, mich zu sehen, ließ sie es nicht erkennen. Sie drehte sich wieder auf den Rücken und schaute apathisch zur Decke.

»Das ist Hauptkommissar Stürzenbecher von der münsterschen Kripo«, sagte ich.

Ihre Stimmbänder kratzten: »Scheiße. Was wird das hier? Eine Fete?«

»Wir möchten, dass Sie uns erzählen, was gestern passiert ist.«

»Das habe ich doch schon.«

Nora, die auf einem Stuhl neben dem Bett saß, beugte sich vor und streichelte die Hand ihrer Schwester. »Lena, es ist wichtig.«

Lena kaute auf ihrer Unterlippe.

»Erinnern Sie sich daran, dass Sie das Ateliergebäude am Hawerkamp verlassen haben?«, fragte ich.

»Ja.«

»Sie sind dann einem Wagen begegnet, einem blauen Kombi.«

Stürzenbecher warf mir einen wütenden Blick zu und zischte: »Wenn du ihr die Antworten vorgibst, kannst du es gleich vergessen.«

»Sind Sie in den Wagen eingestiegen?«, fragte ich.

»Nein.«

»Hat man Sie gezwungen, in den Wagen zu steigen?«

»Da war jemand hinter mir. Er hat mir irgendwas ins Gesicht gedrückt, so ein stinkendes Zeug. Mehr weiß ich nicht.«

»Waren Sie bewusstlos?«

»Muss wohl.«

»Und dann? Wo sind Sie aufgewacht?«

»In einem Keller. So einem scheißdunklen Raum.«
»Waren Sie allein?«
»Nein. Da waren zwei Männer.«
»Wie sahen die aus?«
»Weiß ich nicht. Ich hab doch gesagt, es war dunkel. Die haben mich mit einer Taschenlampe geblendet.«
»Was wollten die Männer von Ihnen?«
»Weiß ich nicht.«
»Bitte, Lena!«, beschwor ich sie. »Haben Ihnen die Männer Fragen gestellt?«
»Schon möglich.«
»Wonach haben die Männer gefragt?«
»Ich kann mich nicht erinnern.«
Ein junger Arzt kam herein. »Wer sind Sie denn?«
Stürzenbecher und ich stellten uns vor.
Der Arzt schüttelte genervt den Kopf. »So geht das nicht, meine Herren. Die Patientin braucht Ruhe.«
»Sag ich doch«, murmelte Lena.
Der Arzt öffnete die Tür. »Bitte verlassen Sie das Zimmer!«
»Nur noch zwei Minuten«, bat ich.
»Auf keinen Fall.« Er machte eine energische Handbewegung. »Die Schwester von Frau Gessner kann hier bleiben. Aber Sie beide müssen gehen.«
Auf dem Flur wurde der Arzt deutlicher: »Was Sie hier machen, ist unverantwortlich. Die Patientin in diesem Zustand mit Fragen zu bedrängen, gefährdet ihre Gesundheit. Haben wir nicht miteinander telefoniert?« Das galt Stürzenbecher. »Und habe ich Ihnen nicht gesagt, dass Frau Gessner frühestens in einigen Tagen vernehmungsfähig ist?«
»Schon gut, Doktor.« Stürzenbecher bekam einen roten

Kopf. »Sie sagt, sie sei entführt worden. Wie glaubwürdig ist das?«

»Woher soll ich das wissen?«, antwortete der Arzt sarkastisch. »Kann sein, dass sie die Wahrheit sagt, kann sein, dass sie fantasiert. Wir haben mit der Therapie noch nicht einmal angefangen. Im Moment geht es darum, dass sie sich körperlich erholt.«

»Was machen Sie denn hier?«, fragte eine Stimme mit Schweizer Akzent.

Ich drehte mich um. Jean Gessner.

Der Bankdirektor baute sich vor mir auf. »Ich habe Sie dafür bezahlt, dass Sie mir das Bild zurückbringen. Ich habe Sie nicht gebeten, meine Tochter zu suchen.«

»Das war ich«, sagte Nora, die uns aus dem Krankenzimmer gefolgt war.

Gessner fuhr sie auf Schweizerdeutsch an, Nora antwortete in derselben, unverständlichen Sprache.

»Bitte!« Der Arzt hob beschwichtigend die Arme. »Das hier ist ein Krankenhaus. Setzen Sie Ihre Diskussion woanders fort!«

»Ich möchte meine Tochter Lena nach Zürich mitnehmen«, wechselte Gessner wieder ins Hochdeutsche.

Der Arzt war nahe daran, die Fassung zu verlieren. »Das halte ich aus medizinischer Sicht für keine gute Idee.«

»Ob Sie das für eine gute Idee halten oder nicht, ist mir egal. Sie können sie nicht gegen ihren Willen festhalten, oder?«

»Nein.«

»Sehen Sie!«

»Sie muss allerdings unterschreiben, dass sie gegen ärztlichen Rat und auf eigene Verantwortung das Krankenhaus verlässt.«

»Das wird sie. Holen Sie schon mal das Formular!«

»Papa, was soll denn das?«, protestierte Nora.

Wieder folgte ein Schwall Schweizerdeutsch. Ich verstand nur die Worte *Klinik* und *gut.* Gessner schaute in die Runde. »Oder erhebt noch jemand Ansprüche auf meine Tochter?«

Stürzenbecher meldete sich: »Die münstersche Kripo möchte sie als Zeugin in einem Todesfall vernehmen.«

»Nun, sobald sie dazu in der Lage ist, wird Lena Ihre Fragen sicher gerne beantworten. Sie müssen nur einen Antrag stellen. Wie Sie wissen, ist Lena Schweizer Staatsbürgerin.«

»Warum habe ich mich bloß darauf eingelassen?« Stürzenbecher hängte sein Jackett über die Schulter und lockerte die Krawatte. »Hast du gehört, wie sich dieser Schweizer Bankheini über mich lustig gemacht hat? Nette Auftraggeber hast du.«

Gessners Auftritt war auch für mich peinlich gewesen. Deshalb suchte ich, während ich neben dem Hauptkommissar über das Klinikgelände schlenderte, vergeblich nach einer passenden Antwort.

»Immerhin hat Lena bestätigt, dass sie entführt worden ist.«

»Sie hätte auch bestätigt, dass die Erde zwei Monde hat, wenn du es ihr in den Mund gelegt hättest. Ohne eine unterschriebene Aussage kann ich damit gar nichts anfangen. Und wonach soll ich suchen? Nach einem blauen Kombi? Oder einem Keller mit zwei Männern?«

»Und wenn sie die Wahrheit gesagt hat? Willst du die Sache auf sich beruhen lassen?«

»O nein!«, schnaufte Stürzenbecher. »Ich werde machen,

was Gessner vorgeschlagen hat: Ich werde einen Antrag stellen.«

»Das dauert doch Monate. Bis dahin ist die Spur tot wie ein Dodo.«

»Was ist ein Dodo?«

»Ein mauritischer Vogel, der im siebzehnten Jahrhundert ausgestorben ist.«

»Sehr witzig, Wilsberg. Und von welcher Spur redest du?«

»Ich habe eine.«

»Wo führt die hin?«

»Zu Gottfried Guber.«

»*Dem* Gottfried Guber?« Stürzenbecher blieb stehen.

Ich nickte.

»Bist du jetzt völlig übergeschnappt?«

Ich erzählte ihm trotzdem von den beiden Männern vor meiner Wohnungstür, die vielleicht dieselben waren wie die, die Lena entführt hatten.

Er grinste höhnisch. »Einer dieser beiden Männer, die abends an deine Tür geklopft haben, was ja nach dem Strafgesetzbuch nicht verboten ist, könnte also möglicherweise unter Umständen der Sohn eines Direktkandidaten der DAD sein?«

»Und außerdem in der Stabsabteilung von Guber arbeiten.«

»Weißt du, was der Staatsanwalt macht, wenn ich ihm vorschlage, darauf eine Ermittlung aufzubauen?«

Ich konnte es mir denken.

»Er lacht mich aus«, sagte Stürzenbecher. »Und zwar mit Recht. Guber wird uns der Presse als Beute vorwerfen, sobald er davon Wind bekommt.«

Ich hatte nicht vorgehabt, es zu erwähnen, aber seine

Sturheit provozierte mich. »Und was ist mit der Journalistin, die gegen einen Baum gefahren ist? Die war auch hinter Guber her.«

Sein Unterkiefer klappte nach unten. »Das ist toll. Konstruierst du eine Verschwörungstheorie, bei der alles mit jedem zusammenhängt? Die Frau hatte Alkohol im Blut und ist von der Fahrbahn abgekommen. So etwas kommt vor.«

»Zwei ungewöhnliche Todesfälle im Zusammenhang mit Guber halte ich für keinen Zufall.«

Stürzenbecher streckte seinen wulstigen Zeigefinger aus und tippte mir gegen die Brust. »Verschon mich mit deinen Theorien, Wilsberg! Das ist ein gut gemeinter Rat. Ruf mich erst wieder an, wenn du irgendetwas Brauchbares in der Hand hast!«

IX

Nora war zusammen mit Lena und ihrem Vater zum Flughafen Münster-Osnabrück gefahren, wo eine vom Bankdirektor gecharterte Maschine wartete, die die Gessners noch am selben Abend nach Zürich zurückbringen sollte. Vor ihrer Abfahrt hatten wir nur kurz miteinander reden können. Falls die Polizei nicht dazu bereit sei, müsse eben ich herausfinden, wer Lena entführt habe, hatte Nora erklärt.

»Und wenn ich entdecke, dass es eine Verbindung zwischen Guber und Ihrem Vater gibt?«, hatte ich gefragt.

»Dann sollte ich das wissen, oder? Die Alternative ist doch, dass man Lena für verrückt erklärt und behauptet, sie habe sich die Entführung nur eingebildet. Ich will, dass die Wahrheit herauskommt, Herr Wilsberg.«

Ich nahm das Plastiktütchen mit dem Haar, das auf der Diskettenbox gelegen hatte, aus der Schreibtischschublade und betrachtete es. Auch ohne Auftrag hätte ich den Fall nicht an den Nagel gehängt. Ich konnte es nicht leiden, wenn jemand, den ich nicht kannte, in meinem Büro Haare verlor. Hatten die beiden Männer das, was sie bei mir anscheinend vergeblich gesucht hatten, von Lena bekommen? Und was war das?

Ich wählte die Privatnummer von Tobias Olpitz. Er nahm sofort ab.

»Haben Sie die Beweise, die Sie mir versprochen haben?«

»Nein, leider nicht. Meine Zeugin sitzt in diesem Moment in einem Flugzeug, und wie es aussieht, werde ich in nächster Zeit nicht an sie herankommen.«

»Dann ist die Geschichte also geplatzt?«

»So schnell gebe ich nicht auf«, sagte ich. »Mich interessiert Ihre verunglückte Kollegin, Kathrin Meyer.«

»Was wollen Sie wissen?«

»War sie verheiratet?«

»Nein. Aber sie hatte einen Freund.«

»Kennen Sie den Namen?«

»Nur den Vornamen: Jonathan. Wie die Möwe.«

»Können Sie den Nachnamen in Erfahrung bringen?«

»Ich denke schon. Ich rufe Sie zurück.«

Ein Viertelstunde später wusste ich, dass Kathrin Meyers Freund Jonathan Fürth hieß und bei einer Werbeagentur arbeitete.

Jonathan Fürths Privatnummer stand im Telefonbuch. Aber er war nicht zu Hause, wie mir sein Anrufbeantworter mitteilte. Ich sprach meinen Namen aufs Band und bat um einen Rückruf.

Bis zum nächsten Morgen hörte ich nichts von Fürth. Ich versuchte es bei der Werbeagentur und hatte Glück, die Dame in der Telefonzentrale verband mich mit dem Artdirector.

»Was wollen Sie?«, fragte Fürth unfreundlich. Anscheinend hatte er die Nachricht abgehört, denn mit Kunden ging er vermutlich höflicher um.

»Ich möchte Ihnen ein paar Fragen zum Tod von Kathrin Meyer stellen.«

»Sind Sie Journalist?«

»Nein. Ich bin Privatdetektiv.«

»Da gibt es nichts zu reden. Sie hatte einen Unfall. Das ist ein Fakt. Punkt.«

»Ich verstehe Ihren Schmerz, Herr Fürth«, heuchelte ich.

Es nützte nichts. Er blieb so stinkig wie zuvor: »Meine

Gefühle gehen nur mich etwas an. Ich halte nichts davon, in der Vergangenheit zu wühlen, ich schaue nach vorn.«

Kathrin Meyer tat mir wirklich Leid. Einen solchen Freund zu haben war noch posthum eine Strafe. Ich hoffte jedenfalls, dass Franka oder Stürzenbecher über meinen Tod, sollte er mich plötzlich ereilen, nicht so kaltschnäuzig hinweggehen würden.

Einen Moment lang war ich geneigt, ihm zu sagen, was ich von ihm hielt. Dann siegte die Professionalität: »Ich habe Hinweise, die die These vom Unfall in Frage stellen.«

»Was sind das für Hinweise?«

»Können wir uns treffen?«

»Entschuldigen Sie, Herr Wilsberg, mit diesen Andeutungen verschwenden Sie nur meine Zeit.«

»Hat man Ihnen gedroht?«, fragte ich.

»Quatsch. Niemand bedroht mich.«

»Dann verstehe ich nicht, warum Sie nicht bereit sind, für Ihre tote Freundin zehn Minuten zu opfern.«

Ich dachte schon, er hätte aufgelegt. Schließlich sagte er: »Um neunzehn Uhr. In meiner Wohnung.«

Ich notierte seine Adresse. Sie lag ganz in der Nähe.

Fürths Maisonette-Wohnung erstreckte sich über zwei Etagen eines Neubaus am Rande des Kreuzviertels. Die Einrichtung sprach für den guten Geschmack seiner Innenarchitektin, wirkte allerdings gerade wegen ihrer Perfektion ein wenig steril. Jederzeit hätte der Fotograf eines Einrichtungshauskatalogs auftauchen und Fürth und mich bitten können, die Statisten zu spielen. Das heißt, mich hätte er vermutlich gebeten, aus dem Bild zu treten, nur Fürth sah aus wie jene mit sich selbst und der Welt zufriedenen Menschen, die sich auf schwedischen Sofas lümmeln. Seine Kleidung zeigte die richtige Mischung aus kreativer Lässigkeit und gepflegtem Stil, sein blond gesträhntes Haar war auf Volumen geföhnt und seine Brille so modern wie eine Marsfähre.

»Kathrin war ganz besessen von diesem Guber«, sagte Fürth. »Sie ist mir damit regelrecht auf den Geist gegangen. Ständig hat sie über Guber geredet, Gubers Kindheit, Gubers Jugend. Sie hat alte Freunde von Guber interviewt. Mein Gott, der Mann hat gute PR-Berater und vermarktet sich nicht schlecht. Trotzdem ist er ein *One-Season-Product*, wie wir in der Branche sagen. Er steigt auf und stürzt genauso schnell wieder ab.«

»Vielleicht wollte sie dazu beitragen«, sagte ich.

Er stutzte. »Kathrin? Die dachte, sie kommt mit dem Buch groß raus. Sie wollte Erfolg, okay, das ist akzeptabel. Jeder von uns will Erfolg.« Er schaute auf mein schon leicht abgetragenes Jackett. »Fast jeder.«

Fürth hatte von allein angefangen zu reden. Wahrscheinlich dachte er, er könne mich am schnellsten wieder loswerden, wenn er mir ein paar abgenagte Erinnerungsknochen vor die Füße warf.

Er griff sich mit einer manierierten Geste in die Haare. »Ich will nicht hartherzig erscheinen. Kathrin und ich waren erst seit einigen Monaten zusammen. Am Anfang lief es super, wir hatten eine Menge Fun. Aber dann drehte sich bei ihr alles nur noch um Guber. Ich weiß nicht, wie lange das mit uns noch gut gegangen wäre.«

Wozu man sie nur hätte beglückwünschen können, dachte ich. »Sie haben nicht zusammen gewohnt?«

»Nein, wir wollten erst mal sehen ... Ich meine, jeder von uns hat sein eigenes Ding gemacht. Der Job kam an erster Stelle.«

»Ihr Recherchematerial hat sie in ihrer Wohnung aufbewahrt, nehme ich an.«

»Klar.«

»Wer hat die Wohnung aufgelöst?«

»Ihre Eltern.«

»Haben Sie deren Telefonnummer?«

»Nein. Die wohnen in einem kleinen Kaff in Ostfriesland, in der Nähe von Aurich. Warten Sie mal! Flossum heißt das, glaube ich.«

Ich stand auf. »Vielen Dank, dass Sie sich die Zeit genommen haben.«

»Keine Ursache.« Die Ironie schien er nicht zu bemerken. Auch hatte er sich mit keinem Wort danach erkundigt, warum ich mich mit dem Tod seiner ehemaligen Freundin beschäftigte. Die angeblichen, den Unfalltod in Frage stellenden Hinweise, die ich ihm versprochen hatte – sie interessierten ihn nicht. Kathrin Meyer war längst abgehakt, wahrscheinlich schon ersetzt durch eine andere Frau, mit der er *Fun* hatte.

Ich begriff, warum er mich überhaupt empfangen hatte. Er wollte mir demonstrieren, dass es sich für mich nicht lohnte, meine Hartnäckigkeit an ihm zu vergeuden. Und das war ihm vollauf gelungen.

Fürth brachte mich zur Tür. »Da fällt mir ein: Irgendwo liegt noch ein Ausdruck ihres halb fertigen Manuskripts. Kathrin hat das immer mit sich rumgeschleppt.«

Ich blieb ganz ruhig. »Kann ich es haben?«

»Warum nicht? Ich brauche es sowieso nicht.«

Er verschwand in einem Zimmer und kam mit einem Stapel bedruckter Blätter zurück. »Kathrin hat geglaubt, das Buch würde einschlagen wie eine Bombe. Na ja, das sind die Träume kleiner Journalistinnen.«

»In welcher Beziehung?«

»Was?«

»In welcher Hinsicht würde das Buch einschlagen wie eine Bombe?«

»In Bezug auf Guber, denke ich. Ich hab's nicht gelesen. Kathrin redete von bislang unbekannten Informationen, die sonst keiner hätte.«

»Hatte sie das Buch schon einem Verlag angeboten?«

»Nein, es war ja, wie gesagt, erst halb fertig. Und jetzt wird es wohl niemals fertig.« Er drückte mir den Stapel in die Hände. »Werden Sie damit glücklich!«

Jemandem, der einem etwas schenkt, schlägt man nicht ins Gesicht. Aber Lust hätte ich schon gehabt.

Bevor ich das Manuskript las, suchte ich im Internet nach Meyers in Flossum. Es gab neunundzwanzig, Meyer schien in Flossum ein beliebter Name zu sein.

Allerdings weiß in einem kleinen Ort fast jeder Meyer über den anderen Bescheid, schon der zweite Meyer sagte mir, wessen Tochter Kathrin gestorben war.

»Wir haben das immer noch nicht begriffen«, sagte Frau Meyer, »sie war ja unser einziges Kind. Wie konnte das geschehen? Sie war doch so eine gute Autofahrerin.«

Während Jonathan Fürth eine Emotion wie Trauer vermutlich für eine Spaßbremse hielt, war Kathrins Mutter so voll davon, dass sie mich, einen völlig Fremden, fünf Minuten lang nicht zu Wort kommen ließ. Irgendwann schaffte ich es, das Gespräch auf Kathrins Wohnung zu lenken.

»Ja«, sagte Frau Meyer, »wir haben die Wohnung aufgelöst. Das meiste hat eine Firma entsorgt, das war ja … nicht …« Ihre Stimme versagte.

»Aber ihren Computer oder Laptop und ihre Aktenordner haben Sie doch sicher mitgenommen?«

»Da hat uns ein Kollege von Kathrin aus der Redaktion geholfen. Er hat gesagt, der Laptop gehöre der Zeitung, für die sie gearbeitet habe, und ihr Material könne man dort noch gebrauchen. Er hat alles mitgenommen, was mit ihrem Beruf zu tun hatte. Das ist bestimmt in Kathrins Sinn gewesen. Mein Mann und ich können damit ja doch nichts anfangen.«

»Hat der Kollege seinen Namen genannt?«

»Ja. Warten Sie! Er hieß Schmidt, Harald Schmidt.«

»Wie sah er aus?«

Ihre Beschreibung traf auf ungefähr jeden dritten Deutschen im Alter von fünfundzwanzig bis fünfunddreißig zu. Aber sie würde ihn wiedererkennen.

Nach dem Telefongespräch nahm ich ein Bier aus dem Kühlschrank und eine Zigarre aus dem kleinen Humidor und setzte mich mit dem Manuskript auf den Balkon. Es war ein lauer Sommerabend. Meine Nachbarn saßen paarweise oder mit Freunden in ihren Hintergärten, tranken Wein und lachten über Scherze, die sie sich gegenseitig erzählten. Ein paar Kinder nützten die Langmut ihrer Mütter zu kreischenden Stimmbandübungen und etwas entfernt bahnte sich in einer Studentenwohnung eine lärmende Fete an. Ein typischer Abend im Kreuzviertel. Auf dem Balkon unter mir rumorte Cordula Deistermann. Ich hätte mich über die Brüstung beugen und sie begrüßen können, aber ich zog es vor, mich still zu verhalten.

Zwei Stunden später zündete ich die Petroleumlampe an, weil die Buchstaben auf dem Papier verschwammen. Eigentlich war die Lampe für romantische Abende zu zweit gedacht, allerdings hatte sich in den letzten Jahren kaum eine Gelegenheit ergeben, sie einzusetzen.

Ich schüttelte den Gedanken ab und las weiter. Mehr als die Hälfte des Textes hatte ich schon geschafft, einiges, was mir nicht so wichtig erschien, auch übersprungen.

Kathrin Meyer hatte ihr Buch chronologisch angelegt. Sie begann mit Gubers Eltern, die sich in den letzten Kriegsjahren kennen gelernt und geheiratet hatten. Sie schilderte die Verwicklung von Gubers Vater in die Nazi-Gräuel und seine Verurteilung als Kriegsverbrecher.

Gottfried war zwischen Kriegsende und Prozessbeginn gezeugt worden. Seiner Schulzeit hatte Meyer ein eigenes Kapitel gewidmet. Sie hatte sogar einen Klassenkameraden aus Gubers Gymnasium aufgetrieben, der eine exemplarische Geschichte über Gubers Charakter erzählte: Einmal war Guber nicht Klassenbester geworden, sondern ein Mitschüler. Im darauf folgenden Schuljahr hatte Guber diesen Schüler so aggressiv gemobbt und in der Klasse isoliert, dass der besagte Schüler aus lauter Verzweiflung seine schulischen Leistungen schleifen ließ und Guber am Ende wieder Bester war. Das allein reichte Guber jedoch nicht, er musste den gedemütigten Konkurrenten nach der Zeugnisausgabe auch noch verhöhnen.

Ein Verhalten, das sich in der Studentenzeit bruchlos fortsetzte. Guber schloss sich einer schlagenden Verbindung an und übernahm rasch Führungspositionen. Später protzte er damit, dass er bei der Mensur für seine Gegner zu gut gewesen sei, so habe er zwar anderen reichlich Schmisse zugefügt, selbst aber nie einen abbekommen. Mit einer Narbe im Gesicht herumzulaufen, sagte er in einem Interview, wäre nicht gut fürs Image gewesen.

Schon damals politisch konservativ, konnte Guber mit der Studentenbewegung, die ab 1968 die Universitäten überrollte, wenig anfangen. Er trug weiter Anzug und Krawatte und machte sich über die langhaarigen, Parkas tragenden Linken lustig. Gelegentlich kam es zu handgreiflichen Auseinandersetzungen zwischen der Truppe der ihm Ergebenen, die er um sich geschart hatte, und linken Studentengruppen. Da Guber nicht nur im Fechtkampf erfahren war, sondern auch Wert auf körperliches Training legte, zogen die Linken oft den Kürzeren.

Obwohl Guber fast ständig von Anhängern umgeben war, ließ er niemanden nahe an sich heran. Auch seine Homosexualität hielt er zunächst unter dem Deckel, falls er sie überhaupt auslebte. In der Öffentlichkeit spielte er den Macho, der mit seinem Charme reihenweise gut aussehende Frauen verführte. Einmal war er sogar verlobt, kurz vor der Heirat wurde die Verbindung jedoch aufgelöst. Ob von Guber oder der Frau, hatte Kathrin Meyer nicht herausgefunden.

Erst als sein Vater im Gefängnis gestorben war, bekannte sich Guber zu seiner Homosexualität. Meyer vermutete hier einen Zusammenhang, sie schrieb, Guber habe wohl Angst davor gehabt, dass sein Vater ihn wegen seiner sexuellen Neigung verachten würde.

Dem schwierigen Verhältnis Gubers zu seinem Vater widmete Meyer ebenfalls ein Kapitel. Guber hatte seinen Vater nie richtig kennen gelernt. Er traf ihn immer nur innerhalb der Besuchszeiten im Gefängnis, während der Kindheit und Jugend in Begleitung seiner Mutter, später, als Student und dann als Politiker, wurden die Besuche seltener. So blieb der Vater für ihn ein Fremder – und gleichzeitig eine unangreifbare Autorität. Bis heute habe sich Guber geweigert, seinen Vater zu verurteilen, schrieb Meyer. In Interviews erklärte er, man müsse zwischen dem verbrecherischen System des Nationalsozialismus und jenen unterscheiden, die aus Gehorsam diese Verbrechen verübt hätten. Und dass die Amerikaner Bomben auf unschuldige irakische Familien geworfen haben, sei in den Augen der Weltöffentlichkeit ja auch kein Verbrechen.

Gubers politische Karriere kannte ich in groben Zügen schon aus der Schilderung von Tobias Olpitz, Meyer hatte hier wenig Neues hinzuzufügen, ausgenommen die Einschätzung, dass ihn der Karriereknick härter getroffen hätte, als allgemein angenommen würde. Sie ließ einen Zeugen zu Wort kommen, der davon sprach, dass Guber zeitweise mit Selbstmordabsichten gespielt habe.

Doch Guber hatte sein Tief überwunden und seinen zweiten Aufstieg begonnen, der lange Zeit im Verborgenen und ohne publikumswirksame Aktionen verlief. Jahrelang hatte er die Gründung der *Demokratischen Alternative Deutschland* vorbereitet und Anhänger um sich gesammelt, bis er mit einem Paukenschlag der Öffentlichkeit die Partei präsentierte.

An der für mich interessantesten Stelle brach das Manuskript ab. Das Kapitel behandelte Gubers Finanzen. Kathrin Meyer hatte die Geschichte der von einem entfernten Verwandten geerbten Fabrik recherchiert und festgestellt, dass unabhängige Gutachter den Wert der Fabrik erheblich niedriger schätzten, als er von Guber angegeben wurde.

»Die Frage«, schrieb Meyer, »woher das enorme Privatvermögen Gottfried Gubers stammt, bleibt daher nach wie vor offen.«

Leider war das ihr letzter Satz.

Weit nach Mitternacht legte ich das Manuskript auf den Balkontisch. Meine Nachbarn hatten sich längst in ihre Betten verzogen, nur die Studentenfete kam langsam auf Touren.

X

Tobias Olpitz kam aus dem *Friedenssaal* des Rathauses. Der Oberbürgermeister hatte einen Botschafter empfangen und ihn aus dem goldenen Hahn der Stadt trinken lassen.

»Die Rede kenne ich inzwischen auswendig«, sagte Olpitz. »Man muss nur aufpassen, dass man die zwei Sätze nicht verpasst, in denen der OB die Geschichte des Westfälischen Friedens auf den jeweiligen Gast zuschneidet.« Er schaute auf seine Uhr. »Fassen Sie sich kurz! In zehn Minuten steht der nächste Termin an.«

Wir schlenderten über den Prinzipalmarkt.

»Haben Sie einen Kollegen, der Harald Schmidt heißt?«, fragte ich.

Er lachte. »Ich bin ein Fan von Harald Schmidt. Aber bei uns in der Redaktion gibt es nur einen Jochen Schmidt.«

»Und Sie selbst geben sich nicht manchmal als Harald Schmidt aus?«

»Ich? Wie kommen Sie denn darauf?«

Ich berichtete von dem vermeintlich hilfsbereiten Mitarbeiter der Zeitung, der bei der Wohnungsauflösung aufgetaucht war.

»Das ist ja dreist«, kommentierte Olpitz. »Natürlich war das Kathrins Laptop. In der heutigen Zeitungskrise sparen die Verlage sogar am Toilettenpapier. Selbst die FAZ streicht ihren Redakteuren die Dienstwagen.« Er blieb stehen. »Trauen Sie mir im Ernst einen solchen Diebstahl zu?«

»Nein«, sagte ich. »Eigentlich nicht.«

»Dann hören Sie auf mit solchen Unterstellungen! Ich dachte, wir arbeiten zusammen.«

»Ich mache nur meinen Job«, verteidigte ich mich.

»Okay«, lenkte er ein. »Ich bin etwas empfindlich, wenn man alle Journalisten für skrupellose Leichenfledderer hält.« Er griff nach meinem Arm. »Da fällt mir ein: In der Redaktion war auch jemand. Er sagte, er wäre Kathrins Bruder, und hat sich nach persönlichen Gegenständen von ihr erkundigt. Es gab allerdings keine, sie war ja nur freie Mitarbeiterin.«

»Kathrin hatte keinen Bruder.«

»Da passt eins zum anderen. Denken Sie …«

»An Guber«, nickte ich. »Er wollte sicherstellen, dass nichts von dem, was Kathrin Meyer über ihn gesammelt hat, gegen ihn verwendet wird.«

»Dann hat sie also brisantes Material besessen«, schlussfolgerte Olpitz.

»Das wissen wir nicht«, bremste ich seine Euphorie. »Und jetzt, nachdem er sich den Laptop und ihre Unterlagen beschafft hat, werden wir es wohl auch nie erfahren.«

Ich ließ ihn den angeblichen Bruder beschreiben. Die Beschreibung stimmte nicht mit der von Kathrins Mutter überein. Aber zusammen konnten die beiden Männer das Paar abgeben, das mich beschattet hatte.

Von dem Manuskript, das mir in die Hände gefallen war, erzählte ich Olpitz nichts. Mochte er auch kein Leichenfledderer sein, seine beruflichen Reflexe funktionierten bestimmt. Ein Journalist, der auf einer guten Geschichte sitzt, hat eine panische Angst davor, dass ein anderer sie zuerst schreibt. Und das Letzte, was ich im Moment gebrauchen konnte, war ein Artikel, der Guber mit dem Tod von Kathrin Meyer in Verbindung brachte. Sollte Guber sich ruhig in Sicherheit wiegen. Das würde Lena schützen und mir einen Vorteil verschaffen.

Olpitz schaute erneut auf seine Uhr. »Ich muss los.«

»Eine Frage noch«, bat ich. »Hat Kathrin Meyer Guber interviewt?«

»Sie wollte. Für ihr Buch benötigte sie unbedingt ein ausführliches Interview über sein Leben. Ich weiß, dass sie mehrfach Anfragen gestellt hat. Aber Guber hat sie immer hingehalten.«

Aus Kathrin Meyers Manuskript wusste ich, dass Gottfried Guber ein Privathaus an der Werse besaß, mitten im Wald zwischen Handorf und Sudmühle gelegen. Guber hatte die leer stehende Villa den Erben einer untergegangenen Industriellendynastie abgekauft und von Grund auf restaurieren lassen. Das Büro der DAD in Münsters Innenstadt sei nur ein Aushängeschild, hatte Meyer geschrieben, die eigentliche Schaltzentrale der Partei befände sich in Gubers Villa. Hier arbeiteten Gubers engste Mitarbeiter, hier, ungestört von möglichen Demonstranten, träfe sich die Parteiführung.

Ich beschloss, mir die Villa aus der Nähe anzusehen.

Handorf ist ein kleiner Stadtteil im Nordwesten Münsters, fast ein Dorf. Ich stellte meinen Wagen auf dem Parkplatz einer Waldgaststätte ab und ging zu Fuß weiter. Industriellenvillen aus der Zeit der vorletzten Jahrhundertwende kommen in diesem Teil der Stadt äußerst selten vor und so war ich, als ich den von einem hohen Zaun umgebenen klassizistischen Sandsteinbau sah, ziemlich sicher, am Ziel zu sein. Der Sandstein strahlte so hell, als sei er erst kürzlich gebrochen worden, und auch die

Gartenlandschaft rund um das Haus wirkte sehr gepflegt. Guber hatte nicht am Nötigsten gespart, um sein Heim einladend zu gestalten.

Allerdings deuteten die Kameras, die über dem Tor und unter dem Dach des Hauses befestigt waren, darauf hin, dass er nicht jeden hereinließ. Zumindest nicht, ohne den potenziellen Besucher vorher in Augenschein genommen zu haben. Den Gedanken, einen unverfänglichen Blick ins Innere zu werfen, musste ich also gleich vergessen. Tagsüber war das unmöglich. Und wollte ich in der Nacht über den Zaun klettern, würde ich mir vermutlich ein Bein brechen oder die Alarmanlage auslösen.

So schnell gab ich jedoch nicht auf. Ich ging zur Waldgaststätte zurück, versorgte mich mit Proviant und machte es mir außerhalb der Kamerawinkel und von Büschen verdeckt einigermaßen gemütlich. Vielleicht würde ich ja wenigstens meine beiden Freunde, die mir in Wolfgang Alvers Auto aufgelauert hatten, zu Gesicht bekommen. Bis jetzt war es nur eine Vermutung, dass Guber hinter allem steckte. Die Bestätigung, dass ich nicht im Nebel stocherte, wäre zumindest ein kleiner Fortschritt gewesen.

Erst einmal blieb es ruhig. Einige Leute, die nach Gärtner, Putzfrauen oder Köchinnen aussahen, verließen das Gelände und stiegen in ihre Autos, die auf der Straße geparkt waren. Dann, am späten Nachmittag, rollten in kurzen Abständen Wagen heran, für die sich das Tor ferngesteuert öffnete. Ich zählte acht Männer und eine Frau, die das Privileg besaßen, auf der Zufahrt innerhalb der Umzäunung parken zu dürfen. Sie trugen Geschäftskleidung und es gehörte nicht allzu viel Fantasie dazu, in ihnen die Teilnehmer einer Vorstandssitzung zu erkennen. Durch mein Fernglas beobachtete ich, wie sie an der Tür der Villa von einem jungen Mann in Empfang genommen wurden, der mir ebenfalls unbekannt war.

Anschließend wurde es wieder still. Die Sitzung zog sich hin und ich begann, den Himmel nach Vögeln abzusuchen, um meine Langeweile zu bekämpfen.

Allmählich nachtete es ein. Meine Zweifel, ob es wirklich eine gute Idee gewesen war, den Tag vor Gubers Haus zu verbringen, wurden stärker. Abgesehen von einem prachtvollen Mäusebussard hatte ich nichts Besonderes entdeckt. Etliche Räume der Villa waren zwar inzwischen erleuchtet, aber ich hätte schon auf einen Baum klettern müssen, um einen Einblick zu bekommen.

Ich machte ein paar Dehnübungen und lockerte meine steifen Beine. Früher hatte es mir nichts ausgemacht, stundenlang darauf zu warten, dass irgendwas passierte. Mit dem Alter wurde ich nicht nur bequemer, sondern auch ungeduldiger.

Im Schutz der heraufziehenden Dunkelheit näherte ich mich dem Tor. Wenn ich mich dicht genug am Zaun hielt, konnten mich die Torkameras nicht erfassen. Nach der Durchfahrt eines Autos dauerte es etwa zehn Sekunden, bis das Tor wieder geschlossen war. Zeit genug, um hineinzuschlüpfen und mich innerhalb der Umzäunung zu verstecken. Wollte ich das Gelände verlassen, musste ich wieder auf ein Auto warten. Notfalls konnte ich auch einfach über das Tor klettern. Die Kameras würden mich höchstens ganz kurz einfangen. Und ob das mitten in der Nacht jemandem auffallen würde, war sehr zweifelhaft.

Blieb noch ein Problem. Mich schlicht neben das Tor zu stellen, sobald sich die Vorstandsmitglieder in ihre Autos setzten und abfuhren, wäre zu auffällig gewesen.

Ich brauchte irgendeine Art von Deckung. Oder ich musste schnell genug sein.

Kurz nach zehn war die Sitzung beendet. Das Außenlicht flammte auf, die acht Männer und die eine Frau gingen zu ihren Autos. In einer geschlossenen Kolonne bewegten sich die Autos auf das sich öffnende Tor zu.

Ich wartete, bis das letzte Auto an mir vorbeigefahren war, dann rannte ich gebückt los. Im letzten Moment glitt ich durch die Öffnung, keine Sekunde später schnappte das Schloss zu.

Ich blieb am Zaun und versteckte mich nicht weit vom Tor entfernt hinter Büschen, jederzeit bereit, die Flucht zu ergreifen. Aber anscheinend war ich unbemerkt geblieben. Nach einer Minute wurde die Beleuchtung der Zufahrt abgeschaltet, jetzt brannten nur noch zwei Lampen vor dem Hauseingang.

Die mächtigen Platanen, die die Villa umstanden, als Schutz nutzend, schlich ich zur Hausfront. In einem lang gestreckten Anbau auf der rechten Seite war eine Garage untergebracht. Es gab eine äußere Zugangstür. Ich drückte auf die Klinke, die Tür war nicht verschlossen. Mit meiner Taschenlampe leuchte ich ins Innere. In der Garage standen vier Wagen, drei Spitzenmodelle der englischen und deutschen Autoindustrie – und ein blauer Kombi.

Vorsichtig, mit dem Rücken zur Hauswand, umrundete ich das Gebäude. Ich war bis zur Mitte der hinteren Gebäudeseite gekommen, als ich Stimmen aus dem Inneren hörte. Die Unterkante des Erdgeschossfensters befand sich knapp über meinem Kopf. Ich stellte meinen rechten Fuß auf einen Absatz des Gebäudesockels und zog mich am Fensterbrett hoch.

Die Stimmen kamen aus einem edel möblierten Arbeitszimmer, das von einem großen Schreibtisch in der Mitte dominiert wurde. Guber, in Anzugweste, weißem Hemd und Krawatte, stand hinter dem Schreibtisch und unterhielt sich mit dem jungen blonden Mann, der die Vorstandsmitglieder empfangen hatte. Im Gegensatz zu seinem Chef hatte Blondie die Jacke seines dreiteiligen Anzugs nicht abgelegt.

Ich versuchte etwas von ihrem Gespräch zu verstehen, aber das Fenster war zu gut isoliert. Als ich wieder absteigen wollte, rutschte ich ab. Mit der linken Hand griff ich nach oben, um mich festzuhalten, und berührte dabei die Fensterscheibe. Sekundenbruchteile später schrillte die Alarmanlage.

Das war so ungefähr das Dümmste, was mir hatte passieren können. Ich fluchte über meine Blödheit und rechnete meine Chancen aus. Um zum Tor zu gelangen, musste ich um die Villa herumlaufen. Natürlich hätte ich mich auch im Grünzeug verstecken können, aber die Möglichkeit, dort nicht erwischt zu werden, war kaum größer als null.

Ich rannte los. Gut sichtbar, denn das Gelände war von Scheinwerfern so hell erleuchtet wie ein Bundesligastadion. Allerdings blieb mir keine Zeit für irgendwelche Bedenken. Ich wollte nur weg, auf keinen Fall in dem Keller landen, in dem Lena Gessner vermutlich eingesperrt worden war.

Als ich noch zwanzig Meter vom Tor entfernt war, hörte ich die Hunde. Ich hasse große kläffende, beißwütige Hunde.

Am Tor hatten sie mich eingeholt. Es waren zwei Schäferhunde. Ich drehte mich um und stellte mich breitbeinig hin. Wenigstens sollten sie auch ein paar Tritte abbekommen.

»Aus!«, rief eine Männerstimme.

Die Hunde blieben stehen und knurrten leise. Ich sah ihnen an, dass sie mich gerne gebissen hätten.

»Wen haben wir denn da?«

Der Mann, der zu der Stimme gehörte, trat ins Licht. Neben ihm erschien ein zweiter Mann. Meine beiden Freunde.

»Georg Wilsberg.« Gottfried Guber betrachtete meinen Personalausweis. »Was wollten Sie in meinem Haus? Für einen politischen Attentäter sind Sie ein bisschen zu alt. Und für einen Einbrecher zu ungeschickt.«

»Als höflicher Mensch erwidere ich Besuche.«

Guber gluckste belustigt. »Ich kann mich nicht erinnern, Sie besucht zu haben.«

»Sie nicht. Aber Ihre beiden Schläger.« Ich deutete mit dem Kopf zu dem Hundeführer und seinem Kumpel, die hinter dem Stuhl standen, auf dem ich saß.

Sie hatten darauf verzichtet, mich zusammenzuschlagen oder zu fesseln. Und statt in einen Keller hatten sie mich in Gubers Arbeitszimmer gebracht, nachdem sie festgestellt hatten, dass ich unbewaffnet war. Alles in allem hätte es mir bis hierhin auch schlechter ergehen können.

Ich bekam einen Klaps auf den Kopf.

»Lass das, Horst!«, sagte Guber. Und zu mir: »Verzeihung, aber ich weiß nicht, wovon Sie reden.«

»Einverstanden«, sagte ich. »Sie tun so, als wüssten Sie nicht, warum Sie die zwei zu mir geschickt haben, und ich vergesse, dass ich in Ihrem Haus war. Damit ist uns beiden gedient.«

Guber grinste böse. »Ich fürchte, so einfach geht das nicht. Ihr Verhalten erfüllt den Tatbestand des Hausfriedensbruchs und des versuchten Einbruchs. Darüber kann ich nicht hinwegsehen.«

»Dann rufen Sie die Polizei an!«

»Das werde ich auch, Herr Wilsberg. Doch zuvor interessieren mich Ihre Beweggründe.«

Ob er das mit der Polizei nur sagte, um mich zu beruhigen, konnte ich nicht einschätzen. Vielleicht hoffte er, dass mich die Aussicht, von der Polizei und nicht von seinen Folterknechten verhört zu werden, unvorsichtiger werden ließ.

Guber sortierte die Visitenkarten, die in meiner Jackentasche gesteckt hatten. Die meisten trugen meinen Namen, allerdings differierten die Berufe und Adressen. Bei meiner Arbeit ist es manchmal notwendig, eine falsche Identität anzunehmen. Einige Visitenkarten gaben jedoch meinen richtigen Beruf an.

»Sie sind also Privatdetektiv«, stellte Guber fest. »Haben meine Mitarbeiter Sie belästigt?«

»Nein.«

»Sie haben ihnen demnach nichts vorzuwerfen?«

»Bis jetzt nicht.«

Gubers charismatische Stimme triefte vor Ironie: »Was hat denn Ihr Misstrauen geweckt, wenn ich das mal so formulieren darf?«

»Die Tatsache, dass sie nachts an meine Tür geklopft haben, ohne sich zu erkennen zu geben.«

»Und wie sind Sie darauf gekommen, dass die beiden für mich arbeiten?«

»Ich kann Autokennzeichen lesen.«

Ich merkte sofort, dass ich einen heiklen Punkt getroffen hatte. Guber wurde wütend. Aber nicht auf mich. Sein Blick wanderte über meine Schulter zu dem Mann, den er Horst genannt hatte.

Horst hatte eine belegte Stimme: »Das ... äh ... andere Auto war in der Werkstatt. Ich habe mir Volkers geliehen.«

Guber drehte den Kopf zu Blondie, der neben dem Schreibtisch stand und unserem Gespräch lauschte. Auch Blondie fühlte sich sichtbar unwohl, sein Gesicht wurde von einem zarten Rosa überzogen. »Ich war an dem Tag mit dem Wagen meines Vaters da.«

Guber griff sich an den nackten Kopf. Er brauchte eine Sekunde, um seine Fassung zurückzugewinnen. Dann lächelte er mich an. »Meine Anerkennung, Herr Wilsberg. Sie haben gut recherchiert.«

»Das ist mein Beruf.«

»Sie haben mit Wolfgang Alvers gesprochen?«

»Richtig.«

»O ja.« Der Parteichef verschränkte seine Hände. Sie waren schmal und zart, sodass ein pompöser Siegelring umso mehr auffiel. »Ich kann mir vorstellen, was er Ihnen erzählt hat. Sehen Sie, Wolfgang Alvers repräsentiert nicht die Partei. Ich rede nur ungern in Volkers Gegenwart über seinen Vater, aber Volker kennt meine Einstellung.«

Blondie rührte sich nicht.

»Wolfgang Alvers ist die Vergangenheit, Volker die Zukunft.« Guber machte eine Handbewegung in Blondies Richtung. »Volker hat Volkswirtschaft studiert. Er hilft mir dabei, eine moderne, schlagkräftige Partei aufzubauen.«

»Trotzdem kandidiert sein Vater für Ihre Partei.« Solange wir über Politik redeten, fühlte ich mich einigermaßen sicher.

»Auf einem aussichtslosen Listenplatz. Wir werden uns von ihm und seinesgleichen trennen, sobald wir strukturell dazu in der Lage sind. Ich halte nichts von rechter Nostalgie.«

»Meinen Sie die Leute, die vom Führer schwärmen?«

»Unter anderem.«

»Haben Sie das auch Ihrem Vater gesagt?«

Er stutzte. Hinter mir bewegte sich Horst. Ich fragte mich, ob ich zu weit gegangen war. In meiner Situation musste ich mit Provokationen sparsam umgehen.

Guber blieb gelassen: »Sie haben sich bestens informiert, Herr Wilsberg. Dann wissen Sie sicher auch, dass ich meinen Vater nicht für das kritisiert habe, was er getan hat. Und zwar aus einem einfachen Grund. Er hat sich so verhalten, wie es von allen Soldaten in jeder Armee verlangt wird: Er hat auf Befehl getötet. Welcher US-Soldat hat denn gefragt, warum Bush den Irak angreift?«

»Hitler war ein Menschen verachtender Diktator.«

»Und Bush ist auch nicht demokratisch gewählt worden.« Guber schmunzelte. »Ich gebe zu, das ist eine platte Retourkutsche. Lassen Sie es mich grundsätzlicher formulieren: Der Nationalsozialismus war ein Verbrechen, aber nicht so groß und unvergleichbar, wie man uns seit sechzig Jahren einzureden versucht. Stalin hat in absoluten Zahlen mehr Menschen ermordet und Pol Pot fast sein ganzes Volk liquidiert. Jedes Jahr finden Völkermorde statt – denken Sie an Ruanda, Kongo, Palästina. Ich bin es leid, mich ständig für meine deutsche Vergangenheit entschuldigen zu müssen, und wenn ich deshalb von einigen Ewiggestrigen gewählt werde, dann ist das eben so. Punkt.«

Guber hörte sich gerne reden. Und ich wollte ihn nicht davon abhalten. Je länger wir miteinander plauderten, desto eher war er vielleicht geneigt, den Grund unseres Zusammentreffens zu vergessen.

»Mögen Sie deshalb die Juden nicht?«, fragte ich. »Weil Sie durch sie an die deutsche Vergangenheit erinnert werden?«

Er kniff die Augen zusammen. »Sie wärmen Vorurteile auf, ich bin kein Antisemit.«

»Irre ich mich oder habe ich Sie in einer Talkshow sagen hören, dass es in den USA eine starke jüdische Lobby gibt?«

»Das ist ein Fakt. Die Außenpolitik der USA, eines Staates, der den Angriffskrieg wieder zum normalen Mittel der Politik erklärt hat, wird maßgeblich von der jüdischen Bevölkerungsgruppe bestimmt. Oberste Priorität hat dabei die Unterstützung des Staates Israel, alle UN-Resolutionen gegen Israel wurden von den USA blockiert, alle Menschenrechtsverletzungen gegen die Palästinenser toleriert. Ich verteidige die Selbstmordattentate der Palästinenser nicht, obwohl sie moralisch vielleicht gerechtfertigt sind, allerdings ist es unter Fachleuten unstrittig, dass der islamische Terrorismus, der uns alle treffen kann, eng mit dem Palästina-Konflikt zusammenhängt. Solange dieser Konflikt nicht gelöst ist, wird es weltweit Anschläge geben. Und irgendwann, mit immer gefährlicheren biologischen Waffen, könnte das die ganze Welt in den Abgrund reißen.«

»Ist das nicht eine moderne Variante des Antisemitismus?«

»Ich analysiere Machtstrukturen, Herr Wilsberg, um Biologie geht es dabei nicht. Manche Juden sind in ihrer

Kritik noch härter.« Er lächelte. »Im Übrigen wäre ich im Mittelalter ein entschiedener Gegner der katholischen Kirche gewesen und vermutlich bei den Ketzern gelandet.«

»Und was haben Sie gegen Hollywood-Filme?«

»Ich denke, wir sollten unsere eigene und die europäische Kultur fördern. Dass neun von zehn Studiobossen in Hollywood Juden sind, spielt für mich keine Rolle.«

Ich erinnerte mich an etwas, das ich in Kathrin Meyers Manuskript gelesen hatte. Die Anekdote stammte von einem Mann aus Gubers engster Umgebung, der in Ungnade gefallen war und sich von der Bewegung getrennt hatte.

»Ich dachte, Sie fürchten sich vor geheimen, bewusst nicht wahrnehmbaren Botschaften, die in Hollywood-Filmen versteckt sind.«

Gubers blaue Augen wurden eisig. Jetzt bewegte ich mich eindeutig auf vermintem Gelände.

»Wer sagt das?«

»Das habe ich gelesen.«

»Wo?«

»In einem Zeitungsartikel. Ich glaube, die Autorin hieß Kathrin Meyer.«

Horst räusperte sich. Guber schaute ihn mit einem durchdringenden Blick an. »Der Name sagt mir nichts.«

»Hat Frau Meyer Sie nicht kurz vor ihrem Tod interviewt?«

»Nein. Daran würde ich mich erinnern, auch wenn der Name nicht sehr ungewöhnlich ist.«

Er stand auf. »Sie beginnen mich zu langweilen, Herr Wilsberg. Volker, kümmere dich um ihn!«

Guber verließ den Raum. Er hatte Lena mit keinem Wort erwähnt, auch nicht den Grund für das nächtliche

Türklopfen seiner Mitarbeiter. Mir war das ganz recht. Zu viel Offenheit hätte für mich ziemlich unangenehm werden können.

Ich schaute mich um. »Ihr habt's gehört, ihr sollt die Polizei anrufen.«

»Von Polizei habe ich nichts gehört«, sagte Horst.

Ich spürte, wie sich meine Nackenhaare aufrichteten.

»Doch.« Blondie griff zum Telefon. »Am Anfang hat Gottfried gesagt, dass wir die Sache der Polizei überlassen sollen.«

XI

Hausfriedensbruch und versuchter Einbruch sind normalerweise keine Delikte, derentwegen man eine Nacht in der Zelle verbringen muss, wenn man einen festen Wohnsitz, einen halbwegs anständigen Beruf und ein kaum nennenswertes Vorstrafenregister besitzt. Aber Gottfried Guber war eben kein normaler Bürger und meine Aussage, dass ich mich verlaufen hätte, wegen der hohen Zäune, die sein Grundstück umgaben, wohl nicht besonders glaubwürdig. Da den Kripoleuten, die Nachtbereitschaft schoben, die Sache nicht ganz geheuer war, steckten sie mich kurzerhand in eine Arrestzelle – sollten sich doch die für politische Straftaten zuständigen Spezialisten am nächsten Morgen um mich kümmern.

Von der Nacht war ohnehin nicht mehr viel übrig und so verzichtete ich auf jeglichen Protest. Kaum lag ich auf der Pritsche, schlief ich auch schon ein. Erst als ich zwei Stunden später von frühmorgendlichem Türenknallen und lautstarken, an meine Mitgefangenen gerichteten Anweisungen wieder aufwachte, vermisste ich die Bequemlichkeit meines eigenen Bettes.

Gegen neun holten sie mich zur Vernehmung ab. Es war Samstagmorgen und Oberkommissar Lutz und seine Kollegin Bertram ließen mich deutlich spüren, was sie davon hielten, dass ich ihnen das freie Wochenende versaut hatte.

Lutz studierte mit gerunzelter Stirn meine nächtliche Aussage. »Was soll der Scheiß, dass Sie sich verlaufen haben?«

»Ich möchte meine Anwältin hinzuziehen«, sagte ich.

»Haben Sie etwas gegen Herrn Guber?«, fragte Bertram.

»Ohne meine Anwältin werde ich mich nicht zur Sache äußern.«

»Legen Sie ein Geständnis ab, dann können Sie gehen«, warf Lutz ein.

Ich lehnte mich auf dem Stuhl zurück und schwieg.

Sie schossen noch ungefähr zehn Fragen ab, die ich nicht beantwortete, bevor sie nachgaben.

Franka war auch nicht begeistert. Am Samstagvormittag pflegte sie das Ritual des Wochenmarktbesuches. Dabei ging es weniger um Einkäufe an den Ständen auf dem Domplatz als vielmehr um Smalltalk mit alten Bekannten, denen sie über den Weg lief. Doch selbstverständlich ließ sie mich nicht hängen.

Nachdem sie im Polizeipräsidium eingetroffen war, durfte ich mit ihr allein reden. Ich brauchte eine Viertelstunde, um sie auf den neuesten Stand der Ereignisse zu bringen.

»Das hast du ja clever eingefädelt«, meinte Franka anschließend. »Was hast du dir denn dabei gedacht?«

»Vorwürfe kann ich mir selbst machen«, sagte ich. »Dein Job ist es, zu verhindern, dass ich das Wochenende im Knast verbringen muss.«

Sie dachte nach. »Okay, ich werde versuchen, mit dem Staatsanwalt einen Deal auszuhandeln. Du musst zugeben, dass du dir widerrechtlich Zugang zu dem Privatgelände von Guber verschafft hast, daran kommst du nicht vorbei. Wir werden sagen, dass du Guber im Zuge von Ermittlungen, die einen anderen Fall betreffen, beobachten wolltest, völlig ohne politischen Hintergrund. Im Gegenzug soll er das Verfahren wegen Geringfügigkeit einstellen, bei Zahlung einer Geldbuße.«

»Wie hoch?«, fragte ich.

»Also bitte, Georg!« Franka verdrehte die Augen. »Ein paar Tagessätze werden es wohl werden. Die kannst du dir ja von deiner Nora Gessner zurückholen.«

»Sie ist nicht *meine* Nora Gessner.«

Franka stieß einen kehligen Laut aus.

Ich hob die Hände. »Schon gut. Ich bin einverstanden.«

Gegen eins durfte ich in Begleitung von Franka das Polizeipräsidium verlassen. Ich freute mich auf meine Badewanne und einen geruhsamen Nachmittag auf der Couch in meinem Wohnzimmer. Vielleicht würde ich zusehen, wie Jan Ullrich und Lance Armstrong bei der Tour de France die Berge hinaufstrampelten. Eigentlich mag ich an der Tour de France nur die Bergetappen. Wenn man sieht, wie die Fahrer das Letzte aus sich herausholen, während sie fast senkrecht die Berge hochklettern, liegt es sich auf der Couch vor dem Fernseher besonders gemütlich.

»Was hast du jetzt vor?«, fragte Franka.

»Ausruhen«, antwortete ich.

»Ich meinte, in Bezug auf Gottfried Guber?«

»Na ja.« Ich gähnte. »Vorläufig werde ich mich von ihm fern halten. Ich schätze, beim nächsten Zusammentreffen wird er nicht so rücksichtsvoll sein, mich der Polizei auszuliefern. Oder erst nachdem sich seine Schlägertruppe an mir ausgetobt hat. Immerhin weiß ich jetzt, dass er hinter der Entführung von Lena steckt, der blaue Kombi in seiner Garage kann kein Zufall sein. Dummerweise habe ich keine Ahnung, was er von ihr gewollt hat. Und ob er sein Ziel erreicht hat.« Ich blinzelte in die Sonne. »Offen gestanden gehen mir im Moment die

Ideen aus, wie ich weitermachen soll. Aber mir fehlen auch ein paar Stunden Schlaf. Vielleicht bekomme ich ja eine Eingebung, wenn ich mal wieder richtig ausgeschlafen habe.«

»Kannst du nicht Stürzenbecher die Geschichte mit dem blauen Kombi erzählen?«, schlug Franka vor. »Lena hat doch bestätigt, dass sie gezwungen wurde, in so einen Wagen zu steigen.«

»Sie stand unter starken Beruhigungsmitteln und es war keine protokollierte Aussage. Nein, Stürzenbecher hat mich gewarnt, ich soll ihn mit Vermutungen verschonen und erst wiederkommen, wenn ich handfeste Beweise habe. Außerdem kann Lena die Männer, die sie entführt haben, nicht identifizieren.« Ich gähnte erneut. »Mir wird schon was einfallen. Morgen. Spätestens übermorgen.«

Franka drückte meinen Arm. »Pass auf dich auf!«

»Hey, du ähnelst immer mehr einem bekannten deutschen Fernsehpfarrer.«

»Werd nicht unverschämt, Georg!«, drohte sie spöttisch.

Ich grinste. »Gut. Ich passe auf mich auf. Darin habe ich Übung.«

Diesmal war es überflüssig nachzusehen, ob das Haar an der richtigen Stelle klemmte, meine Wohnungstür stand sperrangelweit offen. Ich hatte ein ganz und gar mieses Gefühl, wozu auch der intensive Brandgeruch und der Feuerwehrmann beitrugen, der mir im Wohnungsflur entgegenkam.

Meine Stimme krächzte: »Was ist passiert?«

»Ist das Ihre Wohnung?«, fragte der Feuerwehrmann zurück.

»Ja.«

»Wohnungsbrand. Halb so schlimm, wir wurden zum Glück rechtzeitig gerufen.« Er deutete zum Büro. »Da drin will Sie jemand sprechen.«

Der Schreibtisch war völlig verkohlt, der Computer nur noch ein Haufen Blech. Ein Schwelbrand hatte den Teppich rings um den Schreibtisch zerstört und die Decke war rußgeschwärzt. Auch der Löschschaum, der sich langsam in eine große Pfütze verwandelte, verschönte den Anblick nicht.

Ich hielt mich am Türpfosten fest. Hätte ich einen Wunsch frei gehabt, hätte ich die letzten zwölf Stunden gerne aus meinem Leben gestrichen. Das, was ich in der Nacht und am heutigen, noch nicht überstandenen Tag erlebt hatte, war so überflüssig wie eine Blinddarmentzündung.

»Georg!« Aus dem Nebel vor meinen Augen tauchte Cordula Deistermann auf.

Sie griff mir unter den Arm und stützte mich.

»Es geht schon«, sagte ich matt.

»Setz dich!« Sie führte mich zu dem relativ unversehrt aussehenden Besucherstuhl und achtete darauf, dass ich mich unfallfrei niederließ.

Erst jetzt bemerkte ich, dass wir nicht allein waren. Auf der anderen Seite des Schreibtisches standen zwei Männer, die mich aufmerksam betrachteten. Der jüngere der beiden hatte einen Notizblock in der Hand und sie mussten ihren Mund nicht aufmachen, um ihren Beruf zu verraten. Neben allen anderen Übeln war heute offenbar mein Polizeitag.

»Ich habe die Feuerwehr angerufen«, sagte Cordula stolz.

»Das hast du großartig gemacht«, lobte ich sie. »Hast du jemanden gesehen?«

»Ich habe so einen merkwürdigen Knall aus deiner Wohnung gehört. Ich dachte gleich, dass da irgendetwas passiert sein muss. Und dann ist jemand rasch die Treppe heruntergelaufen. Da bin ich neugierig geworden. Ich gehe also zu deiner Wohnung rauf, die Tür war nur angelehnt ... Den Rest kannst du dir ja denken.«

»Es hätte schlimmer ausgehen können«, meldete sich der ältere Polizist zu Wort.

»Mir reicht's«, sagte ich. »Schlimmer muss nicht sein.«

»Es wurde ein Brandbeschleuniger verwendet.« Der jüngere Polizist deutete auf den Schreibtisch. »Wie Sie sehen, ist der Brand am Schreibtisch ausgebrochen. Zum Glück dauert es eine Weile, bis solche alten Möbelstücke Feuer fangen. Wäre die Feuerwehr eine Viertelstunde später gerufen worden, hätte das ganze Haus in Flammen stehen können.«

»Das möchte ich mir im Moment nicht vorstellen«, sagte ich.

»Wo waren Sie vor einer Stunde?«, fragte der Ältere.

Es dauerte ein paar Sekunden, bis die Botschaft bei mir ankam. »Was wollen Sie damit sagen?«

»Mit so einem Brand ist nicht zu spaßen. Hier leben noch andere Menschen im Haus, deren Gesundheit und Leben gefährdet wurden.«

Mein Gehirn gab den Befehl aus, Adrenalin ins Blut zu pumpen. »Gibt es denn jemanden, der das witzig findet?«

»Haben Sie eine Brandschutzversicherung?«, fragte der Jüngere.

»Ja, ich habe eine Brandschutz- und Vandalismusversicherung. Ich bin Privatdetektiv. Da kann so etwas nicht schaden.«

»Und wie laufen Ihre Geschäfte?«

Ich stemmte mich aus dem Stuhl hoch. »Jetzt hören Sie mal zu! Ich habe eine unangenehme Nacht und einen ebensolchen Vormittag hinter mir. Mein Büro ist zerstört. Ich habe eine Stinklaune. Das, was mir jetzt noch fehlt, sind saublöde Fragen.« Ich war lauter geworden, als ich beabsichtigt hatte. Rational war mir klar, dass sie nur ihre Arbeit machten, gefühlsmäßig konnte ich damit nicht umgehen. Ich wollte nur noch, dass sie verschwanden und mich in Ruhe ließen.

»Georg!«, beschwichtigte Cordula. »Reg dich nicht auf!«

»Wenn Sie nicht bereit sind, unsere Fragen zu beantworten, müssen wir Sie ins Präsidium mitnehmen«, sagte der Ältere bissig.

»Ins Präsidium?«, echote ich. »Da komme ich gerade her. Sie verdächtigen mich, den Brand selbst gelegt zu haben? Na schön, ich habe ein Alibi. Fragen Sie Ihre Kollegen Lutz und Bertram, die haben mir bis vor einer halben Stunde gegenübergesessen.«

Die Polizisten schauten sich an. Dann verließ der jüngere den Raum.

Ich setzte mich wieder. Cordula stand hinter mir und massierte mit der rechten Hand meine verspannten Nackenmuskeln. Der ältere Polizist tat so, als würde er aus dem Fenster schauen. Die ganze Situation hatte etwas Unwirkliches und Bizarres.

Nach fünf Minuten kam der Jüngere zurück. »Es stimmt. Bertram und Lutz bestätigen Ihre Angaben.«

»Dann falle ich als Täter wohl aus«, höhnte ich.

Dem Älteren schien die Entwicklung nicht zu gefallen. »Vielleicht haben Sie ja eine Idee, wer den Brand gelegt haben könnte.«

Natürlich hatte ich eine Idee. Ich hatte sogar eine ziemlich klare Vorstellung. Ich tippte auf Horst oder den anderen Hundeführer oder beide zusammen. Aber ich hatte nicht die geringste Absicht, den Polizisten meine Vermutung mitzuteilen. Denn damit würde ich ihnen nur einen Vorwand liefern, mich doch noch ins Präsidium zu schleifen und mir den Rest des Tages zu verderben. Herauskommen würde dabei ohnehin nichts. Horst und sein Kumpel hatten sicher dafür gesorgt, dass es Zeugen gab, die sie just zur Tatzeit beim Waschen von Gubers Jaguar gesehen haben wollten.

»Nein«, sagte ich. »Ich habe überhaupt keine Idee.«

Cordula half mir, den gröbsten Dreck zu beseitigen. Sie war wirklich ein Engel. Ich vergaß alles Schlechte, das ich jemals über sie gedacht hatte.

Anschließend lud sie mich ein, zum Abendessen in ihre Wohnung zu kommen.

»Sei mir nicht böse!« Ich küsste sie auf die Wange. »Ich bin todmüde. Als Gesprächspartner wäre ich ein Totalausfall. Wir finden bestimmt eine bessere Gelegenheit.«

Das Türschloss funktionierte noch. Ein schwacher Trost, denn es hatte die Brandstifter ja nicht ernsthaft davon abgehalten, in meine Wohnung einzudringen. Die Metallkette hingegen hatten sie sauber in zwei Teile zerschnitten. Da musste ich mir etwas Besseres einfallen lassen. Vielleicht ein paar Stahlstreben oder eine Selbstschussanlage.

Und weil ich gerade bei unangenehmen Gedanken war, fiel mir auch schon der nächste ein. Die Polizisten hatten, bevor sie gegangen waren, etwas unmotiviert und vergeblich nach Fingerabdrücken der Brandstifter gesucht. Das Haar auf der Diskettenbox, das ich eingetütet hatte, war zwar kein unmittelbares Beweisstück, denn es stammte ja von einem früheren Einbruch, dafür aber war es tauglich für eine DNA-Analyse.

Ich ging zum Schreibtisch und hebelte die verkohlte Schublade auf. Der Inhalt war verschmort. Das Plastiktütchen hatte sich in einen kleinen Klumpen verwandelt, von dem Haar war nur noch eine dunkle Einfärbung übrig geblieben.

Statt mich zu ärgern, hätte ich fast gelacht. Wenn man in einer Pechsträhne steckt, wird man irgendwann emotional resistent. Wie bei Zugunglücken oder Flugzeugabstürzen, die sich merkwürdigerweise und entgegen den Gesetzen der Wahrscheinlichkeit immer gehäuft ereignen, muss man auch persönliche Nackenschläge nie einzeln, sondern stets in Serie einstecken. Anscheinend handelt es sich dabei um ein noch nicht erforschtes Naturgesetz. Das Einzige, was man in einer solchen Situation tun kann, ist, auf das Ende der Pechsträhne zu hoffen.

Eine Möglichkeit, diese philosophischen Überlegungen zu überprüfen, bot das Manuskript von Kathrin Meyer. Hatten es die Täter entdeckt und mitgenommen? Nach der nächtlichen Lektüre auf dem Balkon hatte ich das Manuskript nicht in den Schreibtisch gelegt, sondern zwischen zwei Bücher ins Wohnzimmerregal gestopft.

Und es war noch da. Das ließ sich zwar simpel erklären, denn vermutlich wussten sie weder etwas von der Existenz des Ausdrucks noch von meinem Besuch bei Jonathan Fürth, trotzdem kam es mir wie ein kleines Wunder vor. War das die Wende?

Ich lag gerade zehn Minuten auf der Couch, als das Telefon klingelte.

Ich stand nicht auf. Mir war nicht danach, mit anderen Menschen zu reden. Nach dem fünften Klingeln sprang der Anrufbeantworter an. Meine Stimme sagte, dass ich nicht zu Hause sei. »Hallo Herr Wilsberg! Hier ist Nora Gessner. Es ist Samstagabend, neun...«

Ich nahm ab und meldete mich.

»Sie sind ja doch da.« Sie klang erfreut.

»Ja.«

»Ich hoffe, ich störe Sie nicht.«

»Nein, nein, ich bin nur etwas müde.«

»Sie hören sich fürchterlich an. Geht es Ihnen nicht gut?«

»Wenn Sie an der vollständigen Fassung der Antwort interessiert sind, müssen Sie morgen nochmal anrufen.«

»Geben Sie mir wenigstens ein paar Stichworte!«

Selbst für die Stichworte brauchte ich fünf Minuten.

Anschließend sagte sie: »Das mit dem Brand tut mir sehr Leid.«

»Halb so wild. Ich habe eine Versicherung.«

»Gibt es etwas, was ich für Sie tun kann? Ich fühle mich mitverantwortlich, schließlich habe ich Sie gedrangt, weiterzuermitteln.«

»Machen Sie sich keine Gedanken! Das ist Berufsrisiko. Ich bin alt genug, um zu entscheiden, welche Gefahren ich eingehen will.«

Das schien sie zu beruhigen. »Was ist mit dem blauen Kombi, der in Gubers Garage steht? Bringt uns der nicht weiter?«

»Jein. Für uns mag damit feststehen, dass Guber hinter Lenas Entführung steckt, aber ein gerichtsverwertbarer Beweis wäre es erst, wenn man Lenas Haare oder Spuren ihrer Kleidung in dem Kombi finden würde.«

»Und warum sagen Sie der Polizei nicht, dass sie den Kombi untersuchen soll?«

Ich stöhnte. »Weil es keinen hinreichenden Anfangsverdacht gegen Guber gibt. So einen Durchsuchungsbeschluss müsste ein Richter unterschreiben. Und nach Lage der Dinge ist das im Moment unrealistisch. Ich brauche noch ein zusätzliches Indiz.«

»Sie reden ja wie ein Rechtsanwalt«, sagte Nora.

»Ich war auch mal Rechtsanwalt. Aber das ist eine andere Geschichte.«

»Vielleicht gibt es dieses Indiz.«

Ich wurde munter. »Tatsächlich?«

»Lena hat mir erzählt, dass sie in Ihrer Wohnung etwas versteckt hat.«

»Was und wo soll das sein?«

»Das weiß ich nicht. Sie kennen doch Lena. Sie sagt etwas und im nächsten Augenblick wechselt sie das Thema.«

Trotz meiner Müdigkeit elektrisierte mich die Nachricht. Ich dachte nach. Theoretisch kam als Versteck die ganze Wohnung in Frage – während ich Stürzenbecher besucht hatte, war Lena in der Wohnung allein gewesen. Aufgehalten hatte sie sich hauptsächlich in Sarahs Zimmer.

Ich betrat das Zimmer und schaute mich um. Alles sah so aus wie immer, abgesehen von Lenas Kunstwerk an der Wand. Ich untersuchte die Bettwäsche, hob die Matratze hoch und schaute unters Bett. Nichts.

Die zweite Frage war, um welchen Gegenstand es sich handelte. Gubers Leute hatten sich für meinen Schreibtisch interessiert. Das Haar lag auf der Diskettenbox, mit dem Brand hatten sie absichtlich den Schreibtisch und den Computer vernichtet. Falls es um eine Datei ging, die

Lena auf der Festplatte meines Computers abgelegt hatte, war sie unwiederbringlich verloren. Die andere Möglichkeit, eine Datei zu speichern ... war das, worauf ich gerade schaute.

Ich trat näher an das Kunstwerk heran. Die metallisch glänzenden Bruchstücke, die mich an die Trümmer eines explodierenden Planeten erinnert hatten, konnten zusammengesetzt eine Diskette ergeben.

XII

Obwohl ich seit vielen Jahren Computer benutze, um meine Berichte und Rechnungen zu schreiben, E-Mails zu verschicken und gelegentlich im Internet zu recherchieren, bin ich weit davon entfernt, die tieferen Geheimnisse von Hard- und Software zu verstehen. Sobald mein Computer mal nicht das tut, was ich von ihm verlange, gerate ich in Verzweiflung. Die einschlägigen Anweisungen, die auf dem Bildschirm oder in den Handbüchern zu lesen sind, kommen mir vor, als seien sie aus dem Deutschen ins Japanische und dann wieder zurückübersetzt worden.

Als ich vor Lenas Collage stand, war mir klar, dass ich für die Diskettenreste und das, was sich möglicherweise an Inhalten noch auf ihnen befand, jemanden brauchte, der sich mit solchen Dingen auskannte. Ich überlegte, ob ich Tobias Olpitz um Hilfe bitten sollte. Er kannte sicher einen Computerfummler, der die auf der Diskette abgespeicherten Dateien retten konnte. Andererseits hätte Olpitz damit auch einen Zugriff auf die Informationen bekommen. Und ich wollte lieber selbst entscheiden, ob und wann er was erfuhr.

Ich dachte an Holger, der mir vor zwei Jahren geholfen hatte, den Computer einer Biotechnologiefirma zu knacken. Leider war Holger zusammen mit seiner Freundin Anja nach Neuseeland ausgewandert. Sie hatten mir eine Postkarte mit unzähligen Schafen und einigen grünen Hügeln geschickt.

Im Wohnzimmer blätterte ich in den Gelben Seiten. Unter dem Stichwort *Software* gab es eine ganze Reihe von Softwarefirmen, aber auch etliche Privatnamen. An Rüdiger Sattler blieb ich hängen. Der Name kam mir bekannt vor. Ich massierte meine Schläfen, um die Müdigkeit zu vertreiben. Es musste weit, sehr weit zurückliegen. Und dann fiel mir ein, dass ich mit Rüdiger Sattler Speckbrett gespielt hatte. Vor etwa zwanzig Jahren, als ich noch regelmäßig Sport getrieben und im Speckbrettverein Münster-Südost die Tennisbälle mit dem pfannenartigen Holzschläger übers Netz gepeitscht hatte.

Ich wählte die Nummer. Eine Frauenstimme meldete sich mit dem Namen Sattler.

Ich fragte nach Rüdiger Sattler.

»Der ist nicht da«, sagte sie mit der Nüchternheit einer Ehefrau, die es schon vor geraumer Zeit aufgegeben hatte, die Abwesenheit ihres Mannes zu bedauern.

»Wann kann ich ihn sprechen?«

»Um was geht es denn?«

»Ich kenne Rüdiger von früher. Aber es geht um ein Softwareproblem. Und es ist dringend.«

Sie ließ sich Zeit mit der Antwort. »Sie finden ihn im *Saxofon*. Das ist eine Kneipe auf der Hafenstraße.«

Ich kannte das *Saxofon*. Es war ein Refugium für Menschen, die nicht einsehen mochten, dass die Achtzigerjahre des zwanzigsten Jahrhunderts unwiederbringlich vorüber waren. Sie trugen Lederhosen, Fransenwesten und lange Haare, spielten Billard oder tranken sich um den Rest Verstand, der ihnen geblieben war. Wenn ich mal einen richtig deprimierenden Abend verbringen wollte, ging ich ins *Saxofon*.

Rüdiger Sattler saß an der Theke. Jedenfalls nahm ich an, dass der Mann mit den langen grauen Haaren, der

Nickelbrille und dem Bierbauch mit jenem Menschen identisch war, den ich seinerzeit über den roten Ascheplatz gehetzt hatte.

Ich setzte mich neben ihn. »Rüdiger Sattler?«

Er drehte den Kopf. »Wer will das wissen?« Er hatte bereits einiges getrunken.

»Georg Wilsberg«, sagte ich. »Wir haben mal zusammen im Speckbrettverein Münster-Südost gespielt.«

Sein heiseres Lachen ging in einen Hustenanfall über. »Georg! Du hast dich ganz schön verändert.«

»So ganz spurlos ist die Zeit an dir auch nicht vorbeigegangen.«

»Wohl wahr.« Er schnippte eine filterlose Zigarette aus der Packung und steckte sie zwischen seine Lippen. »Ich sollte mit dem Rauchen aufhören.«

Wenn man seinen vom Bluthochdruck rötlich gefärbten Kopf sah, konnte man ihm nur zustimmen.

Sattler zündete die Zigarette an. »Bist du zufällig hier?«

»Nein. Ich habe dich gesucht.«

»Und wer hat dir verraten, wo du mich findest?«

»Deine Frau.«

Sein Gesicht nahm einen gekränkten Ausdruck an. Offensichtlich war seine Ehe kein Thema, über das er gerne sprach.

»Du hast doch eine Softwarefirma«, lenkte ich ab.

»Na ja, mit irgendwas muss man sich ja über Wasser halten. Unter uns gesagt, es läuft mehr schlecht als recht. Ich hatte mal zehn Angestellte, wir haben unter anderem Programme für die Uni entwickelt, medizinische Forschung. Wir waren top. Aber dann ...«

Der vollbärtige Thekenmann tauschte unaufgefordert Sattlers leeres Bierglas gegen ein volles aus und schaute mich fragend an. Wegen der lauten Rockmusik bevorzugte er wohl die nonverbale Kommunikation.

Ich bestellte auch ein Bier.

»Dann?«, fragte ich. Am Ende dieses langen Tages war mir nicht danach zu Mute, der Geschichte eines sozialen Abstiegs zu lauschen. Doch schließlich wollte ich etwas von Sattler.

»Dann«, lächelte er bitter, »habe ich abgehoben. Ich dachte, das Geschäft läuft von allein. Ich habe in den Neuen Markt investiert. Das war in der Boomzeit, als alle nur noch von Aktien redeten. Ich hing den ganzen Tag vor dem Monitor und sah zu, wie sich mein Vermögen vermehrte. Und wie es sich anschließend in Luft auflöste.« Er drückte die Zigarette aus. »Als ich merkte, dass auch im Betrieb einiges schief lief, war es schon zu spät. Meine besten Leute hatten sich abgeseilt und ihre eigene Firma aufgemacht. Mit den guten Kunden, die sie betreut hatten. Mir blieb nur der Schrott.« Er setzte das Bierglas an den Mund und trank, ohne zu schlucken. »Ich habe gekämpft, ehrlich. Ich bin wieder voll in die Akquise eingestiegen. Und wenn die Konjunkturkrise nicht gekommen wäre ...« Er rülpste verhalten. »Was soll ich sagen? Konkurs. Mein Privatvermögen war ohnehin futsch. Ich musste wieder ganz von vorne anfangen. Jetzt arbeite ich zu Hause, für ein paar Kunden, die ich schon lange kenne und zu denen ich einen persönlichen Draht habe. Shit happens. Es kommen auch wieder bessere Zeiten.« Er schaute mich an. »Und was ist mit dir?«

»Mir geht's ähnlich«, sagte ich. »Ich bin Privatdetektiv, habe ein Büro in meiner Wohnung und schlage mich so durch.«

»Toll.« Sattler grinste. »Dann haben wir ja einiges gemeinsam.« Er runzelte die Stirn. »Und warum bist du hier?«

Ich griff in die Tasche, holte einen Briefumschlag heraus und kippte die Diskettenreste auf die Theke. »Deshalb. Ich muss wissen, was auf der Diskette drauf ist.«

Sattler lachte und hustete. »Disketten sollte man nicht anstreichen und mit dem Hammer bearbeiten. Das vertragen die nicht.« Er nahm ein Bruchstück in die Hand. »Wenn ich dir einen guten Rat geben darf: Schmeiß den Mist weg! Was immer da drauf ist, du kriegst es nie wieder richtig hin.«

»Aber es ist nicht unmöglich, zumindest einen Teil zu rekonstruieren?«

»Nein.« Er hob ein zweites Bruchstück hoch. »Stell dir ein Buch vor, das mit einem Schrotgewehr beschossen worden ist. So ähnlich wird das aussehen.«

»Gut. Kannst du es versuchen?«

Er legte die Bruchstücke auf die Theke. »Scheint ja sehr wichtig zu sein?«

»Richtig.«

Er nickte. »Verstehe. Du bist Privatdetektiv. Wen willst du denn damit aufs Kreuz legen?«

»Je weniger du darüber weißt, desto besser für dich.«

»Heißt das, es könnte für mich gefährlich werden?«

»Nicht, wenn du mit niemandem darüber redest.«

Seine Augen bekamen ein gieriges Glitzern. »Das wird nicht billig. Ich muss mir das nötige Werkzeug besorgen.«

»Zweihundertfünfzig Euro, wenn du es schaffst. Fünfhundert, wenn du es bis morgen schaffst.«

Er feixte. »Morgen ist Sonntag.«

»Eben.«

»Okay. Tausend und ich liefere bis morgen Abend.«

Wir einigten uns auf siebenhundertfünfzig.

»Zweihundert bar auf die Kralle. Den Rest bei Lieferung«, legte er nach.

Ich schaute in meine Geldbörse. »So viel habe ich nicht dabei.«

»Kein Problem«, sagte Sattler. »Auf der anderen Straßenseite ist ein Geldautomat.«

Ich schlief bis zum späten Vormittag. Dann ging ich zu einer Bäckerei, die sonntags geöffnet hatte, und deckte mich mit frischen Brötchen, Croissants und einer Sonntagszeitung ein. Die nächste Stunde verbrachte ich mit Frühstücken und Zeitunglesen. Anschließend überlegte ich, ob ich etwas tun sollte. Ich hätte zum Beispiel mein Büro aufräumen oder einen Brief an die Versicherung schreiben können. Aber ich entschied mich dafür, nichts zu tun. Manchmal brauche ich einfach einen Tag ohne jede sinnvolle Tätigkeit.

Völlig nutzlos ging der Tag dann doch nicht vorüber.

Gegen Abend rief Rüdiger Sattler an. »Ich hab was für dich.«

»Fantastisch«, sagte ich.

»Kommst du vorbei?«

»Klar.«

»Gut«, sagte er lauernd. »Und denk an mein Geld!«

Zwei Stunden später telefonierte ich mit Nora Gessner. Ich erzählte ihr, wo ich die Diskettenbruchstücke gefunden hatte.

Nora lachte. »Lena ist eben kreativ. Kennen Sie einen vertrauenswürdigen Menschen, der die Diskette untersuchen kann?«

»Nicht nur das. Ich habe den Ausdruck vor mir.«

Sie war verblüfft. »Sie sind ja wahnsinnig schnell.«

»Es war auch nicht ganz billig. Ich habe siebenhundertfünfzig Euro bezahlt, die ich Ihnen auf die Rechnung setzen muss.«

Sie schluckte. »Hat es sich wenigstens gelohnt?«

»Das wird sich zeigen. Auf der Diskette sind Kontobewegungen abgespeichert. Anscheinend hat Lena die Daten vom Laptop Ihres Vaters kopiert, denn es geht um ein Konto der Bank *Egli & Schaaf.*«

»Wem gehört das Konto?«, fragte Nora.

»Es handelt sich um ein Nummernkonto. Es gibt eine Reihe von Zahlungseingängen, bei denen der oder die Auftraggeber namentlich nicht aufgeführt sind. Nach einer gewissen Wartezeit und abzüglich einer Rate von etwa fünfzehn Prozent floss das Geld dann weiter auf ein Konto bei einer Liechtensteiner Bank, das einer Stiftung *Grünland* gehört.«

»Das Konto bei *Egli & Schaaf* dient also nur zur Verschleierung des Geldflusses«, kombinierte Nora. »Über welche Summen reden wir?«

»Über insgesamt rund sieben Millionen Franken.«

»Sieben Millionen?«, wiederholte sie überrascht. »Dafür muss man selbst in der Schweiz lange arbeiten.«

»Nach meiner Einschätzung haben wir zwei Möglichkeiten«, sagte ich. »Wir können Ihren Vater fragen, woher das Geld stammt und wer die Nutznießer dieser Stiftung *Grünland* sind.«

»Und die zweite Möglichkeit?«

»Ich könnte nach Liechtenstein fahren und versuchen etwas über die Stiftung *Grünland* zu erfahren. Aber nach allem, was ich über Liechtensteiner Banken und Liechtensteiner Stiftungen weiß, dürfte es aussichtsreicher sein, in Alaska Ananas anzupflanzen.«

Nora dachte nach. »Da bin ich nicht ganz Ihrer Meinung«, sagte sie schließlich. »Ich habe eine Idee, wie wir es anstellen könnten. Was halten Sie von dem Vorschlag, dass wir uns morgen Abend in Vaduz treffen?«

Jetzt war ich überrascht.

XIII

Es war heiß an diesem Tag, sehr heiß. Die Sonne brannte von einem wolkenlosen Himmel und die Klimaanlage in meinem Auto lief auf Hochtouren. Sobald ich ausstieg und ein paar Schritte durch die Backofenluft ging, war ich schweißgebadet. Ich flüchtete vom Auto in die klimatisierten Raststätten und wieder zurück.

Am Nachmittag erreichte ich den Bodensee, dessen Oberfläche in der Hitze flimmerte. Ich fuhr einige Kilometer durch Österreich und kam zu einem verschlafenen Schweizer Grenzübergang, wo ich eine Autobahnvignette kaufte.

Das Fürstentum Liechtenstein liegt an der Schweizer Autobahn A 13, in einem Tal, in dem sich die warme Luft staute. Mein Außentemperaturanzeiger kletterte auf achtunddreißig Grad, als ich die Ausfahrt Vaduz nahm. Am Ende der Brücke über den Rhein, der in diesem trockenen Sommer nur ein knietiefes Flüsschen war, begann das Fürstentum. Es endete an der nächsten Bergkette, aber so weit musste ich nicht fahren.

Nora Gessner hatte zwei Zimmer im *Landhaus Resch* gebucht, einem Hotel, das an der Straße zwischen Autobahn und Vaduz lag, am Rand der kleinen Fürstentummetropole.

Die Frau an der Rezeption hatte einen sächsischen Akzent. Ich erfuhr, dass Nora noch nicht eingetroffen war, und nutzte die Gelegenheit, um eine kalte Dusche zu nehmen. Da mein Zimmer nicht klimatisiert war, hielt die Wirkung nicht lange an. Ich legte mich aufs Bett und vermied jede überflüssige Bewegung. Immerhin schaffte ich es, die Broschüre durchzublättern, die mir die Frau an der Rezeption gegeben hatte. So erfuhr ich, dass die Burg, die ich von meinem Zimmer aus sehen konnte, Fürst Hans-Adam II. gehörte, dem dreizehnten Fürst von Liechtenstein, dessen Vorfahren mit viel Glück und vielleicht auch Geschick die Eingemeindung in ein größeres Land verhindert hatten. Aus der Laune der Geschichte hatten die Fürsten dann im zwanzigsten Jahrhundert Kapital geschlagen, indem sie Liechtenstein in ein Steuerparadies verwandelten und Geld und Briefkastenfirmen in das Bergidyll lockten. Das stand natürlich nicht in der Broschüre, sondern allenfalls zwischen den Zeilen, wenn von Vollbeschäftigung die Rede war und davon, dass rund fünfzig Prozent der in Liechtenstein Beschäftigten Ausländer seien.

Die Hitze machte mich müde. Ich war gerade eingedöst, als mein Handy klingelte.

»Haben Sie sich so weit erholt, dass wir essen gehen können?«, fragte Nora.

Ich entschied mich für ein bunt gemustertes Hemd, mit dem ich, wie ich hoffte, die Schwitzflecken kaschieren konnte.

Nora wartete am Eingang auf mich. Die tropischen Temperaturen schienen ihr nichts anhaben zu können. Sie wirkte kühl, was nicht nur an den noch blonder gefärbten kurzen Haaren lag. Die Kühle kam von innen, eine Konzentration und Anspannung, die darauf schließen ließ, dass sie mit ihren Gedanken ganz woanders war.

»Ich habe Ärger mit meinem Vater«, antwortete sie auf meine Frage. »Er meint, ich mische mich zu sehr in seine Angelegenheiten ein.«

»Haben Sie ihn nach der Stiftung *Grünland* gefragt?«

»Nein. Das hätte keinen Sinn, er würde nur einen Wutanfall bekommen. Es geht mehr um Sie. Er nimmt mir übel, dass ich Sie gebeten habe, nach Lena zu suchen.«

»Macht er sich denn keine Sorgen um Lena?«

»Doch. Er besucht sie jeden Tag und kümmert sich rührend um sie. Aber er ist davon überzeugt, dass Sie ihr die Entführung nur eingeredet haben. Er denkt, dass Lena durch Ihre Ermittlungen in psychische Verwirrung gestürzt wurde.«

»Das ist völliger Blödsinn«, sagte ich wütend.

»Das sehe ich auch so. Ich weiß nicht, ob er den Kopf in den Sand steckt oder bewusst versucht, von Tatsachen abzulenken, die für ihn unangenehm werden könnten.«

»Sie denken an seine Verbindung zu Guber?«

»Ja. Dass ich Guber in unserem Haus gesehen habe, ist nicht zu leugnen. Und jetzt taucht auf einmal die Stiftung *Grünland* auf.«

»Ob Guber von der Stiftung profitiert, wissen wir nicht«, bremste ich ihren Elan.

»Warum sollte Guber denn sonst so scharf auf die Diskette sein?«, konterte Nora.

Unterdessen hatten wir uns auf den Weg in die Innenstadt gemacht. Dazu mussten wir nur um zwei Ecken biegen und an einigen Glas- und Marmorpalästen vorbeigehen, in denen Banken und Treuhandunternehmen residierten. Der eigentliche Luxus, den sich die Liechtensteiner leisteten, waren jedoch die modernen Skulpturen, die in Abständen von zehn Metern den Bürgersteig säumten.

»Und wie geht es Lena?«, fragte ich.

»Schon viel besser. Die Klinik, die mein Vater ausgesucht hat, ist wirklich sehr gut, klein, geschmackvoll eingerichtet und mit hervorragendem medizinischem Personal ausgestattet.«

»Wovon Kassenpatienten nur träumen können.«

Sie lächelte. »Geld spielt bei uns keine Rolle, wie Sie wissen. Die Klinik liegt direkt am Zürichsee, von ihrem Zimmer aus hat Lena einen herrlichen Ausblick auf das Wasser. Und was das Wichtigste ist: Sie malt wieder. Dadurch ist sie etwas ruhiger geworden. Ich hoffe, dass sie bald den Einstieg in ein normales Leben findet.«

»Das wünsche ich ihr auch«, sagte ich. »Allerdings ist dafür wahrscheinlich mehr nötig als ein schönes Ambiente.«

»Sie müsste sich öffnen«, stimmte Nora zu. »Ich habe mit ihrer Therapeutin geredet, eine sehr angenehme Frau. Sie sagt, Lena macht erste Fortschritte.«

»Haben Sie der Therapeutin von Ihrer Vermutung erzählt, was in jenem Sommer im Tessin passiert sein könnte?«

Sie nickte.

»Gibt es den Onkel eigentlich noch – wie hieß er noch gleich?«

»Manfred. Manfred Schwarzenbacher. Es gibt ihn noch und er ist präsenter denn je.«

»Wieso?«

»Er sitzt für die Liberalen im Nationalrat in Bern. Und er steht auf der Liste derjenigen, die als zukünftige Bundesräte gehandelt werden. So heißen bei uns die Minister.«

Wir erreichten die überschaubare Vaduzer Fußgängerzone. Die Sitzbänke, die man hier aufgestellt hatte, waren nicht nur edel gestaltet, sondern auch so makellos und sauber wie wohl keine anderen Sitzbänke irgendwo auf der Welt. Außerdem gab es drei Restaurants mit Außenterrassen und als sündige Speerspitze des Vaduzer Nachtlebens ein Lokal namens *Crash Bar.*

Wir entschieden uns für das *Restaurant Engel* und setzten uns unter die Markise.

Während des Essens wollte Nora die ausführliche Fassung meiner Erlebnisse seit ihrer Abreise aus Münster hören. Also berichtete ich von Tobias Olpitz und Kathrin Meyer, von dem Buchmanuskript der tödlich verunglückten Journalistin, das mir in die Hände gefallen war, und schließlich von meiner Begegnung mit Gottfried Guber.

Nora spießte ihr letztes Stück Lammrücken auf. »Wie hat Guber auf Sie gewirkt?«

»Wenn man zwei Schläger im Nacken hat, die auf sein Kommando hören, ist man nicht ganz objektiv.«

»Denken Sie, er handelt aus Überzeugung? Oder zieht er nur eine Show ab?«

»Schwer zu beurteilen«, nahm ich eine Bedenkzeit. »Es ist vermutlich eine Mischung aus beidem. Natürlich genießt er die Präsenz in den Medien, die ihm seine verbalen Ausfälle verschaffen. Doch ohne einen Funken Überzeugung würde er nicht so glaubwürdig wirken. Rhetorisch ist er den dumpfen Rechten, die es in ganz Europa gibt und die mit Schaum vor dem Mund gegen Ausländer und Juden hetzen, weit überlegen. Trotzdem mobilisiert er dieselben Vorurteile, nur argumentiert er rationaler und mischt ein paar Fakten unter die bloße Stimmungsmache. Gerade das macht ihn ja so gefährlich und wird ihm weiteren Zulauf verschaffen.«

»Es sei denn, es gelingt uns, ihn zu stoppen, indem wir beweisen, dass er Verbrechen begangen hat.«

Ich runzelte die Stirn. »Ich möchte nicht, dass Sie sich da engagieren. Das ist zu gefährlich.«

»Ich bin nicht ängstlich. Der Mann hat meine Schwester entführt.«

»Guber kennt mich. Sie kennt er noch nicht. Und so soll es auch bleiben.«

»Mal angenommen, Guber bekommt Geld von der Stiftung *Grünland*«, wechselte sie das Thema. »Wer könnte die sieben Millionen Franken bei *Egli & Schaaf* eingezahlt haben?«

»Keine Ahnung«, gab ich zu. »Der Einzige, der in der Lage ist, diese Frage zu beantworten, dürfte Ihr Vater sein.«

Der Kellner räumte die Teller ab. »Ein Dessert?«

»Warum nicht?«, sagte Nora.

Nach dem Zitronensorbet mit Wodka war ich fast betrunken. »Verraten Sie mir jetzt, wie Sie in dem verschwiegenen Liechtenstein etwas über die Stiftung *Grünland* erfahren wollen?«

Die Bankierstochter lächelte fast so betörend wie bei unserer ersten Begegnung. »Das werden Sie morgen früh erleben.«

Im rustikal eingerichteten Frühstückssaal des *Landhauses Resch* hingen die Porträts aller dreizehn Fürsten von Liechtenstein an den Wänden. Außer Nora und mir saß nur ein junges holländisches Paar im Saal. Die beiden, offenbar Journalisten, redeten über ein Interview, das sie mit dem Kronprinzen geführt hatten.

Ich hörte ihnen zu, weil Nora in die Lektüre des Diskettenausdrucks vertieft war, den ich auf ihren Wunsch mitgebracht hatte. Dabei knabberte sie an ihrer ersten Brötchenhälfte. Ich hatte bereits zwei Brötchen vertilgt und trank die dritte Tasse des dünnen Kaffees, den die sächsische Hotelangestellte serviert hatte.

Endlich schob Nora das Papier zur Seite.

»Und?«, fragte ich. »Wo fangen wir an?«

»Im Vaduzer Gerichtshof«, sagte sie. »Stiftungen müssen dort registriert werden. Zunächst brauchen wir den Namen des Treuhänders.«

Der Gerichtshof befand sich in einem zweistöckigen klassizistischen Gebäude, das neben der Justiz auch noch die Regierung des Zwergstaates beherbergte. Die Routine, mit der man unsere Anfrage bearbeitete, ließ darauf schließen, dass täglich Scharen von Journalisten aufkreuzten, die sich nach Stiftungen, Treuhandunternehmen und Aktiengesellschaften erkundigten. So dauerte es keine fünf Minuten, bis wir erfuhren, dass die Stiftung *Grünland* von der Rechtsanwältin Regula Isolde Böckle verwaltet wurde, deren Büro auf der Äulestraße angesiedelt war.

Die Äulestraße war eine der beiden größeren Straßen von Vaduz und das Domizil der Rechtsanwältin nur zweihundert Meter vom Gerichtshof entfernt. Es handelte sich um ein mit hellem Marmor verkleidetes Bürohaus, das sich Frau Böckle mit knapp zwei Dutzend anderen Mietern teilte. In dem nebenan gelegenen Parkhaus hätten die Autos der gesamten Einwohnerschaft Liechtensteins Platz gefunden. Aber die nahm wohl kaum die Dienste der *Pasango Treuhand-Anstalt*, der *Allgemeinen Vermögensverwaltungs AG*, des Advokaturbüros *Dr. Dr. Batliner*, der Stiftung *Propter Homines* oder der *Gedächtnisstiftung Peter Kaiser* in Anspruch. Nach der Größe der Schrift auf dem Eingangsschild zu urteilen, gehörte das Büro von Rechtsanwältin Böckle nicht zu den prominentesten Adressen des Hauses.

Nora Gessner betonte ihren Namen, als sie einer durch

die Sprechanlage verzerrten Frauenstimme mitteilte, dass wir eine Unterredung mit Frau Böckle wünschten. Die Frauenstimme bat uns um Geduld.

Zwei Minuten lang lächelten wir geduldig und so freundlich wie möglich in die über der Tür angebrachte Kamera. Dann sagte die Frauenstimme: »Vierter Stock. Der Aufzug befindet sich auf der rechten Seite.«

An der Eingangstür zum Büro mussten wir erneut klingeln. Die Eigentümerin der Frauenstimme, eine junge, in Businessgrau gekleidete Sekretärin, öffnete die Tür persönlich und führte uns ins Innere.

»Frau Böckle wird in wenigen Minuten Zeit für Sie haben.« Die Sekretärin deutete auf eine kleine Sitzgruppe. »Möchten Sie einen Espresso?«

Wir verneinten und setzten uns.

»Vielleicht telefoniert die Böckle mit Ihrem Vater«, flüsterte ich Nora zu.

»Nein«, flüsterte sie zurück. »Er ist in diesem Moment bei Lena. Und in der Klinik muss er sein Natel ausschalten.«

»Sein was?«

»Sein Mobiltelefon.«

»Guten Morgen!« Regula Isolde Böckle hatte eine vom Rauchen tiefer gerutschte Stimme. Sie war etwa Mitte vierzig, trug ein dunkelblaues Kostüm über den füllig gewordenen Hüften und hatte ihre Haare zu einem beängstigenden Turm von geschätzten zwanzig Zentimetern hochgesteckt.

Wir standen auf.

Böckle streckte Nora die Hand entgegen. »Frau …«

»Gessner«, sagte Nora. »Ich bin die Tochter von Jean Gessner. Und das ist mein Mitarbeiter, Herr Wilsberg.«

»Ah ja«, machte Böckle und gab mir eine feuchte Hand. »Kommen Sie doch bitte mit!«

»Was kann ich für Sie tun?«, fragte die Rechtsanwältin, nachdem wir uns in ihrem Büro niedergelassen hatten.

»Ich möchte die Unterlagen der Stiftung *Grünland* einsehen«, sagte Nora.

»Tut mir Leid«, erwiderte Böckle entschieden. »Dazu bin ich nicht autorisiert.«

»Mein Vater hat die Stiftung doch eingerichtet.«

Ich hielt die Luft an. Nora ließ sich nicht die Spur einer Unsicherheit anmerken. Wusste sie mehr als ich oder bluffte sie nur?

Das Gesicht der Rechtsanwältin gefror zu einer Maske. »Selbst wenn das so wäre, würde das nichts daran ändern ...«

»Falls Sie Zweifel an meiner Identität haben«, Nora griff in ihre Tasche und legte einen Ausweis auf den Schreibtisch, »dann kann ich die beheben.«

»Schön.« Böckle nahm den Ausweis kurz in die Hand. »Verstehen Sie mich nicht falsch, Frau Gessner: Das hat nichts mit Ihrer Person zu tun. Ich darf *niemandem* Auskünfte erteilen.«

Nora musterte sie kühl. »Denken Sie, ich habe den weiten Weg von Zürich hierher gemacht, weil ich neugierig bin? Nein, Frau Böckle, ich bin hier, weil mein Vater in Schwierigkeiten steckt. Ich arbeite als Prokuristin bei *Egli & Schaaf* und werde seit Tagen von einem Begünstigten der Stiftung *Grünland* bedrängt. Er behauptet, dass er Zahlungen nicht erhalten habe, die ihm avisiert worden seien. Ich muss das Problem lösen, Frau Böckle.«

Sie griff erneut in ihre Tasche und zog eine Aktenmappe heraus, der sie zwei Papiere entnahm. »Hier ist meine

Bestellungsurkunde als Prokuristin von *Egli & Schaaf* und hier die Vollmacht meines Vaters bezüglich der Stiftung *Grünland.*«

Die Rechtsanwältin konnte kaum überraschter sein als ich. Nur mit Mühe gelang es mir, die Fassade eines leicht gelangweilten Mitarbeiters der Junior-Chefin zu wahren.

Böckle überflog die Papiere. Auf ihrer Oberlippe bildete sich ein Schweißfilm.

»Warum kümmert sich Ihr Vater nicht selbst um die Angelegenheit?«

»Er ist erkrankt. So schwer erkrankt, dass er in den nächsten Wochen nicht in der Lage sein wird, geschäftliche Belange zu regeln. So lange kann ich nicht warten, Frau Böckle. Der Mann, von dem ich spreche, ist nicht sehr geduldig. Und er verfügt über außerordentliche Möglichkeiten, uns unter Druck zu setzen, um es mal vorsichtig auszudrücken.«

Die Anwältin presste ihre Lippen aufeinander. Sie rang einige Sekunden mit sich und kam zu einem Entschluss: »Verzeihen Sie, aber ich muss trotzdem versuchen Ihren Vater zu erreichen.«

»Bitte!« Nora deutete auf das Telefon. »Versuchen Sie es!«

Böckle griff zum Hörer und wies ihre Sekretärin an, eine Verbindung mit Jean Gessner herzustellen.

Die nächsten Minuten bestätigten den Satz der Relativitätstheorie, dass Zeit eine dehnbare Größe ist. Endlich klingelte das Telefon. Die Anwältin nahm ab, hörte kurz zu und legte frustriert wieder auf.

»Wie ich bereits sagte«, Nora machte keinen Versuch, ihre Missbilligung zu verbergen, »mein Vater darf nicht gestört werden. Der Arzt hat ihm strengste Ruhe auferlegt. Ich werde nicht gerne pathetisch, aber es geht hier um Leben oder Tod.«

»Die Zahlungen sind korrekt erfolgt«, platzte es aus Böckle heraus. »Es gibt keinerlei Grund für Beanstandungen.«

»Dafür brauche ich einen Beleg«, blieb die Bankierstochter unerbittlich.

Die Anwältin atmete schwer.

»Frau Böckle«, redete Nora ihr zu, »ich brauche fünf Minuten, um die Unterlagen einzusehen und ein paar Kopien zu ziehen. Das ist alles, was ich will.«

»Gut.« Böckle erhob sich und ging zur Tür. »Folgen Sie mir bitte!«

Ich schloss mich Nora an.

»Das gilt nur für Frau Gessner. Sie müssen hier warten.« Die Schärfe, mit der die Anwältin mich zurückwies, machte deutlich, wie sehr ihr Ego gelitten hatte.

Ich gönnte ihr den kleinen Erfolg und setzte mich wieder. Warum sollte ich daran zweifeln, dass mir Nora alles Wichtige erzählen würde? Andererseits erstaunte mich die Art, wie sie das Gespräch geführt hatte, schon sehr. Da war eine Seite von ihr zum Vorschein gekommen, die ich noch nicht kannte.

»Alle Achtung«, sagte ich, als wir in der gleißenden Sonne vor dem Bürogebäude standen, »das war eine starke Nummer, die Sie da abgezogen haben.«

Nora lächelte stolz. »Denken Sie, ich könnte in Ihrem Detektivbüro anfangen?«

»Ich würde Ihnen sofort die Partnerschaft anbieten.«

Sie lachte. »Seien Sie vorsichtig! Vielleicht komme ich darauf zurück.«

Wir machten uns auf den Rückweg zum *Landhaus Resch*.

»Woher haben Sie die Vollmacht Ihres Vaters?«, fragte ich.

»Gefälscht, ebenso wie die Prokura.«

»Das nenne ich gründliche Vorbereitung«, sagte ich anerkennend. »Wie sind Sie darauf gekommen, dass Ihr Vater die Stiftung eingerichtet hat?«

»Reine Vermutung. Von den sieben Millionen Franken hat er knapp eine Million als Provision kassiert. Deshalb habe ich angenommen, dass er dafür mehr tun musste, als die Gelder von einem Konto aufs nächste zu leiten.« Ihre Augen blitzten. »Zugegeben, das war der schwächste Punkt meiner Überlegungen. Darum habe ich ihn direkt am Anfang gebracht. Wäre meine Idee falsch gewesen, hätten wir ziemlich alt ausgesehen.«

»Schön, dass Sie mir vorher nichts gesagt haben«, bemerkte ich ironisch. »Sonst hätte ich bestimmt nicht so gut mitspielen können.«

»Hey, seien Sie bloß nicht beleidigt!« Sie wedelte mit den Kopien, die sie aus ihrer Tasche genommen hatte. »Sind Sie nicht neugierig? Wollen Sie nicht wissen, wer mehr als vier Millionen Franken von der Stiftung *Grünland* bekommen hat?«

»Und wer ist der Glückliche?«

»Eine Firma in Münster. Sie heißt *NE Industrial Consulting.*«

Ich musste nicht lange nachdenken. »Das ist die Firma, die Gottfried Guber Anfang der Neunzigerjahre gegründet hat. NE steht für Near East oder Naher Osten.«

Nora lächelte triumphierend. »Dann steht also fest, dass die Stiftung dazu dient, Guber und seine Partei zu unterstützen. Bleibt die Frage, woher das Geld stammt. Ich schlage vor, dass wir meinen Vater zur Rede stellen.«

»Ja«, sagte ich zögernd, »das sollten wir tun. Aber vorher möchte ich noch mit einer anderen Person reden.«

»Und mit wem?«

»Mit Ihrem Onkel, Manfred Schwarzenbacher. Können Sie herausfinden, wo er sich heute aufhält?«

XIV

Manfred Schwarzenbacher war nervös. Er tupfte sich den Schweiß von der Stirn und schaute sich unentwegt um, als sei es ihm peinlich, mit mir zusammen in dem kleinen Park gesehen zu werden. Der Park lag zwischen der Aare und dem bombastischen, einem römischen Tempel nachempfundenen Berner Bundeshaus, in dem Schwarzenbacher seiner Pflicht als Abgeordneter nachging.

Es war für Nora keine leichte Aufgabe gewesen, ihren Onkel zu dem Gespräch mit mir zu überreden. Sie hatte gesagt, dass es um Lena ginge und dass im Zusammenhang mit den Ermittlungen in Münster einige Fragen aufgetaucht seien, bei denen er in seiner Funktion als Nationalrat hilfreich sein könne. Schwarzenbacher hatte Genaueres wissen wollen, aber Nora hatte sich damit herausgeredet, dass sie nicht über alle Details informiert und ich sowieso der kompetentere Ansprechpartner sei. Murrend hatte er eingewilligt, mir eine halbe Stunde seiner kostbaren Zeit zu opfern.

Schwarzenbacher schaute zum Bundeshaus. »Ich dachte, Nora sei auch hier.«

»Sie musste dringend nach Zürich zurück.«

In Wahrheit wollte ich allein mit ihm reden. Nora wartete am Kindlifresserbrunnen auf dem Kornplatz, der sich nur wenige hundert Meter entfernt befand.

»Ich verstehe nicht, was Sie und Nora von mir erwarten.« Der Nationalrat rückte seine dunkle Hornbrille zurecht. »Soweit ich weiß, wird Lena keines Verbrechens beschuldigt. Sie hat doch nichts zu befürchten, oder?«

»Eigentlich geht es nicht um das, was in Münster passiert ist«, sagte ich.

»Sondern?« Er griff wieder in die Hosentasche und holte sein Stofftaschentuch hervor.

»Sondern um das, was Sie mit Lena gemacht haben, vor mehr als zehn Jahren in jenem Sommer im Tessin, nachdem die Mutter von Nora und Lena gestorben war.«

Der Arm mit dem Taschentuch erstarrte. Schwarzenbachers Gesicht wurde erst weiß, dann rot, dann wieder weiß. »Das ... Das ist unerhört. Eine Frechheit ist das. Das muss ich mir nicht gefallen lassen, oder?«

Er machte ein paar stampfende Schritte in Richtung Bundeshaus.

Ich schaute ihm hinterher.

Seine Schritte wurden zögerlicher, schließlich blieb er stehen und drehte sich um. »Sie haben nichts in der Hand, gar nichts.«

»Dafür weiß ich ziemlich viel, meinen Sie nicht?«

»Lena hat Ihnen das erzählt, oder?« Die alemannische Dialektfärbung wurde stärker. »Das sind die Fantasien eines verrückten Mädchens.« Er kam zurück. »Wo ist sie jetzt? In der Psychiatrie, oder? Das sagt doch wohl alles. Wer wird ihr schon glauben?«

Ich lächelte höhnisch.

»Was wollen Sie von mir?«, fauchte er mich an. »Wollen Sie mich erpressen?«

»Ja.«

»Vergessen Sie's! Keinen Franken bekommen Sie von mir. Wer sind Sie denn? Ein mieser kleiner Privatdetektiv aus Deutschland. Mein Ruf als Nationalrat ist untadelig.«

»Und wie war das mit Ihrem Botschafter Bohrer in Berlin? Ein unscharfes Foto von einer Frau vor dem Botschaftsgebäude reichte da, um ihn zu erledigen. Wie ich höre, wollen Sie Bundesrat werden.«

»Sie werden keine Schweizer Zeitung finden, die bereit ist, Ihre wirren Anschuldigungen zu veröffentlichen.«

»Sind Sie da so sicher?« Mein Ton wurde härter. »Haben Sie mal darüber nachgedacht, warum Lena jetzt in der Psychiatrie ist?«

»Das hat doch nichts mit mir zu tun.«

»Mit wem sonst? Sie haben sich an einem elfjährigen Mädchen vergangen.«

Er zuckte zurück. »Aber ... Es war nicht so, wie Sie denken.«

»Wie war es dann?«

»Das geht Sie nichts an«, erwiderte er trotzig.

Ich schwieg.

»Gut.« Er lächelte verächtlich. Offenbar glaubte er, einen Ausweg aus seinem Dilemma gefunden zu haben. »Ich bin bereit, Ihre Verschwiegenheit zu erkaufen. Wie viel wollen Sie?«

»Ich will kein Geld.«

»Kein Geld?«

»Ich will, dass Sie in Gegenwart von Lena und ihrer Familie ein Geständnis ablegen. Ihr Schicksal liegt dann in deren Hand.«

Er schwankte. »Hören Sie, das können Sie nicht von mir verlangen! Es war ein schrecklicher Fehler, das gebe ich zu. Ich bereue zutiefst, was ich getan habe. Und ich schwöre, es ist nie wieder passiert.«

»Sagen Sie das Lena!«

»Das kann ich nicht.«

»Dann werden Ihre Abgeordnetenkollegen die Geschichte aus der Zeitung erfahren.«

Schwarzenbacher starrte mich mit offenem Mund an. »Ist das Ihr letztes Wort?«

»Ja. Und ich gebe Ihnen eine Minute Zeit, sich zu entscheiden.«

Wieder stach mir der in Stein gehauene Fisch über der Eingangstür der Küsnachter Villa ins Auge.

»Was bedeutet der Fisch?«, fragte ich Nora, die neben mir ging.

»In Deutschland heißt er Barsch, wir Schweizer nennen ihn Egli.«

Ich begriff. »Wie Ihr Urgroßvater Walter Egli, der Erbauer des Hauses.«

Der jetzige Hausherr erwartete uns bereits. Genauer gesagt nicht uns, sondern Nora, denn mich ignorierte Jean Gessner schlicht, als er jetzt, kaum dass Nora die Tür geöffnet und wir gemeinsam den Flur betreten hatten, aus den hinteren Regionen des Hauses auf uns zugerannt kam und seine Tochter mit einer wütenden Rede auf Schweizerdeutsch überschüttete. Aus dem, was ich verstand, kombinierte ich, dass es Regula Isolde Böckle inzwischen gelungen war, den Direktor von *Egli & Schaaf* über die Ereignisse des Morgens zu informieren. Abgesehen davon, dass er sie eines schweren Vertrauensbruchs bezichtigte, brachten Gessner vor allem die gefälschten Vollmachten, die Nora vorgelegt hatte, in Rage.

Allerdings hatte Nora mit dem Ausbruch ihres Vaters gerechnet und sich entsprechend gewappnet. Sie schlug mit bissigen Bemerkungen und Fragen nach der Herkunft des Liechtensteiner Geldes zurück, wobei ich in dem sich anschließenden, immer noch auf Schweizerdeutsch geführten Wortwechsel allmählich die Orientierung verlor.

»Entschuldigung«, sagte ich nach einer Weile, »haben Sie schon darüber gesprochen, woher das Geld der Stiftung *Grünland* stammt?«

»Werden Sie nicht unverschämt!«, fuhr Gessner mich an. »Verschwinden Sie aus meinem Haus! Das, was ich mit meiner Tochter zu besprechen habe, geht Sie einen feuchten Kehricht an.«

»Du machst einen Fehler«, mischte sich Nora ein. »Herr Wilsberg hat Lena und mir sehr geholfen. Und du würdest der ganzen Familie einen Dienst erweisen, wenn du sagst, wer der Finanzier der Stiftung *Grünland* ist.«

Gessner wandte sich wieder seiner Tochter zu. »Noch, liebe Nora, führe ich die Geschäfte von *Egli & Schaaf*. Und ich führe sie so, wie ich es für richtig halte. Was hast du eigentlich vor? Willst du meinen Ruf ruinieren?«

»Verwechselst du da nicht was?«, schlug Nora zurück. »Du ruinierst den Ruf der Bank, indem du Geschäfte mit Leuten wie Gottfried Guber machst.«

»Das geht dich nichts an. Und Sie«, er drohte mir mit dem Finger, »hauen endlich ab! Sonst hole ich die Polizei.«

»Das ist nicht notwendig, ich gehe freiwillig«, sagte ich. »Ich bitte Sie nur um eines: Rufen Sie, sobald Sie sich beruhigt haben, Ihren Schwager Manfred Schwarzenbacher an! Er möchte Ihnen etwas mitteilen.«

»Schwarzenbacher?«, fragte Gessner irritiert. »Was hat Schwarzenbacher mit der Angelegenheit zu tun?«

»Fragen Sie ihn!« Ich nickte ihm zu und ging.

Ich wartete neben meinem Wagen, den ich außerhalb des Grundstücks geparkt hatte, um Gessner keinen Vorwand zu liefern, mir doch noch die Polizei auf den Hals zu hetzen.

Nach einer Viertelstunde kam Nora heraus. »Nichts.« Sie schüttelte den Kopf. »Er ist so stur wie nur Schweizer stur sein können.«

»Man kann einem Schweizer Bankdirektor kaum vorwerfen, dass er das Bankgeheimnis verinnerlicht hat. Aber warten wir mal ab, was passiert, wenn er mit Manfred Schwarzenbacher gesprochen hat. Sagen Sie«, ich schaute sie an, »ist es möglich, Lena zu treffen?«

»Sicher. Ich würde sie auch gerne sehen.«

Die Klinik sah trotz aller Helle, Freundlichkeit und malerischer Lage am Zürichsee wie eine Klinik aus, die sich alle Mühe gibt, nicht wie eine Klinik auszusehen. Wir trafen Lena im Foyer, das nach oben bis zur gläsernen Dachspitze reichte, was eine in der Mitte aufgestellte, mindestens fünfzehn Meter hohe Palme ins rechte Naturlicht rückte. Lenas Haut hatte etwas Farbe bekommen, ihre Wangen waren nicht mehr eingefallen, sie wirkte ausgeruht und entspannt.

»Hey, Nora-Schätzchen, hey, Schnüffler! Ihr glaubt gar nicht, was für verrückte Typen hier rumhängen! Dagegen bin ich ein Normalo-Girlie hoch zehn.« Sie deutete in eine Ecke des Foyers, in der eine kleine Espressobar aufgebaut war. »Ich habe in einer halben Stunde Therapie, sonst könnten wir nach draußen gehen. Was haltet ihr von einem Espresso?«

Der Espresso war zwar mit zu wenig Druck zubereitet, schmeckte für einen Klinik-Espresso jedoch ganz anständig.

»Ich habe zwei oder drei Fragen zu den Ereignissen in Münster«, sagte ich. »Darf ich sie Ihnen stellen oder würde es Sie zu sehr belasten?«

»Keine Ahnung.« Lena wurde ernst. »Kommt drauf an, was Sie fragen. Wenn ich nicht antworte, heißt das, dass ich nicht antworten will.«

»Okay«, sagte ich. »Im Nachhinein kann man es ja genial nennen, wie Sie die Diskette getarnt haben. Diejenigen, die hinter ihr her waren, haben meine Wohnung zwei Mal durchsucht und Feuer gelegt, aber die Diskette haben sie nicht gefunden. Auf der anderen Seite hätte ich auch nichts dagegen gehabt, wenn Sie mir die Diskette einfach gegeben hätten.«

»Dann wäre die Diskette jetzt vermutlich weg, oder?«

»Vermutlich.«

»Sehen Sie!« Sie wurde kleinlaut: »Ist Ihre Wohnung völlig hinüber?«

»Nein, es ist nicht so schlimm«, beruhigte ich sie. »Gab es nur diese eine Diskette oder haben Sie eine Kopie gemacht?«

Sie zögerte.

»Hat Simon eine Kopie gezogen?«, versuchte ich es mit einer anderen Frage.

Lena nickte. »Es gab eine Kopie.«

»Hat Simon die Kopie verwendet?«

»Er hat sie verkauft.«

»An wen?«

»An eine Journalistin. Simon meinte, die sei scharf auf Guber und würde bestimmt fünfhundert Euro für die Diskette springen lassen.«

»Woher wussten Sie, dass das Geld für Guber bestimmt war?«

»Aus einem Brief, der auf dem Schreibtisch meines Vaters lag.«

»Lena!« Jean Gessner war unbemerkt hinter uns getreten. Seine Stimme klang wieder ruhig und beherrscht. »Ich würde gerne mit dir reden.«

»Scheint heute ein großer Reden-mit-Lena-Tag zu werden.« Sie schaute zu der Wanduhr hinter der Bar. »Ich habe gleich Therapie.«

»Ich hielte es für gut, wenn deine Therapeutin dabei wäre«, sagte Gessner.

»Warum hat er mich nicht gefragt, ob ich dabei sein will?«, warf Nora ihrem abwesenden Vater vor.

»Ich glaube, das ist eine Vater-Tochter-Geschichte«, antwortete ich.

»Das ist eine Familien-Geschichte«, beharrte sie.

Wir saßen auf einer Wiese am Ufer des Zürichsees, nicht weit von der Klinik entfernt. Hinter den Alpen ging die Sonne unter und hüllte den See in orangenes Licht. Bald würde es einnachten.

Ich hatte Recht und sie hatte Recht. Es war auch eine Geschichte der Familie Egli, eine Geschichte von Tradition und Hochmut, von Verfehlungen, Versagen und Ängsten. Ich dachte an das Bildnis des Dr. Walter Egli, an den Moment, als ich zum ersten Mal das mürrische Gesicht des alten Bankdirektors gesehen hatte. Das war vor knapp zwei Wochen gewesen, doch schon damals, im Venner Moor, hatte ich geahnt, dass es eine Last sein konnte, zu seiner Familie zu gehören.

Ich schaute zum Eingang der Klinik und beobachtete, wie Jean Gessner herauskam. Er hielt den Kopf gesenkt und bewegte sich mit schleppenden Schritten.

Ich stieß Nora an. »Er kommt.«

Als wir uns ihm näherten, bemerkten wir, dass er Tränen in den Augen hatte.

»Wie geht es Lena?«, fragte Nora.

»Ich weiß es nicht«, antwortete er tonlos. »Ich habe viel geredet und sie hat viel geschwiegen. Ich glaube, wir waren beide erschüttert. Im Moment kümmert sich ihre Therapeutin um sie. Ich hoffe, dass es für uns beide einen Neuanfang geben kann.«

»Was ist mit Manfred?«

»Den will sie auf keinen Fall sehen. Ob sie vor Gericht gegen ihn aussagt, muss sich noch entscheiden. Ich will sie da nicht drängen.« Gessner schaute hoch. »Wir reden später darüber, Nora. Lass mich mit Herrn Wilsberg ein paar Worte unter vier Augen wechseln.«

Nora war erstaunt, sagte aber nichts.

Als wir so weit entfernt waren, dass Nora uns nicht mehr hören konnte, sagte der Bankdirektor: »Ich muss mich bei Ihnen entschuldigen, ich habe Sie die ganze Zeit falsch eingeschätzt.«

»Ich bin nicht besonders empfindlich«, sagte ich. »Außerdem habe ich für Ihre Tochter gearbeitet.«

»Gerade darüber möchte ich mit Ihnen sprechen. Aber nicht jetzt und hier. Haben Sie heute Abend Zeit?«

»Ja.«

Er gab mir einen Zettel mit einer Adresse. »Das ist ein Lokal im Niederdorf. Um zehn? Und sagen Sie Nora bitte nichts davon!«

»Was hat er von Ihnen gewollt?«, fragte Nora, als ihr Vater weggefahren war.

»Er hat sich bei mir entschuldigt.«

»Mehr nicht?«

»Nein.«

Ich nahm ein Zimmer in dem Hotel am Limmatplatz, wo ich schon beim letzten Mal übernachtet hatte. Gegen zehn fuhr ich mit dem Tram zum Limmatquai.

Das Niederdorf liegt auf der rechten Seite des Flusses und ist das Vergnügungsviertel für diejenigen, die es etwas gesitteter, drogenfreier und teurer haben wollen als die Besucher der Langstraße. An diesem warmen Abend zogen Scharen von Deutsch, Englisch und Japanisch sprechenden Touristen durch die engen Gassen der Altstadt und tauschten die Plätze mit denen, die an den Holztischen vor den Lokalen saßen. Dass Jean Gessner ausgerechnet das belebteste Viertel der Stadt für unser Treffen ausgewählt hatte, verwunderte mich etwas.

Bald darauf sah ich ihn an einem Tisch am Straßenrand sitzen. Gleich nebenan räkelten sich mehrere knapp bekleidete Asiatinnen vor einem Stripteaselokal, in das sie allein herumirrende Männer zwecks Verabreichung sündhaft teurer Getränke zu locken versuchten.

Ich setzte mich zu Gessner und sagte, was mir durch den Kopf ging.

»Was wollen Sie?«, schmunzelte er. »Am wenigsten fällt man doch in der Masse auf. Jedenfalls muss ich nicht befürchten, dass hier jemand vorbeikommt, der mich kennt. In einem der guten Restaurants der Stadt wäre das ganz anders.«

Das leuchtete mir ein. Ich bestellte ein Bier und wartete auf das, was er mir zu sagen hatte.

Aber er ließ sich Zeit. Zuerst holte er ein Zigarrenetui hervor und bot mir eine seiner guten Kubanischen an. Eine Weile pafften wir gedankenverloren in den Nachthimmel.

»Ich bin froh, dass Sie das getan haben«, sagte er schließlich. »Erst jetzt wird mir klar, dass ich es die ganze Zeit nicht wahrhaben wollte. So eine Lüge nistet sich ein wie ein Tumor, der wuchert und wuchert. Man verwendet seine Kraft darauf, zu verdrängen, andere Erklärungen für das zu finden, was auf der Hand liegt.«

»Der Verdienst gebührt Nora«, sagte ich. »Sie hat es schon lange vermutet.«

»Aber Sie haben Schwarzenbacher zum Reden gebracht. Wie haben Sie das eigentlich geschafft?«

Ich lächelte. »Sie sagen mir ja auch nicht alles.«

»Stimmt. Wir verfolgen alle unsere eigenen Interessen, Sie, Nora und ich.«

»Was sind denn Ihre speziellen Interessen?«

»Ich wollte der Bank das Überleben sichern. Dabei bin ich Kompromisse eingegangen, die ich besser ausgeschlagen hätte, und habe mich mit Leuten eingelassen, denen ich besser aus dem Weg gegangen wäre.«

»Leuten wie Gottfried Guber«, bemerkte ich.

»Ja. Obwohl ich zunächst nicht wusste, dass Guber hinter der Firma in Münster steckt.«

»Haben Sie sich nicht mit Guber in Ihrem Haus getroffen?«

»Nein, Guber war nie in meinem Haus.«

Er sagte das so nebenbei, dass ich ihm glaubte. Was bedeutete, dass Nora gelogen hatte. Aber zu welchem Zweck? Hatte sie mich absichtlich auf Gubers Fährte setzen wollen? Und woher kannte sie Guber?

»Und welches Interesse verfolgt Nora?«, fragte ich.

»Das wüsste ich selbst gerne. Seitdem sie ihr Wirtschaftswissenschaftsstudium mit Bestnote abgeschlossen hat und bei einer großen Bank arbeitet …«

»Sie hat Wirtschaftswissenschaft studiert?«

»Ja.« Er grinste. »Hat sie Ihnen etwas anderes erzählt? Nora will früher oder später *Egli & Schaaf* übernehmen. Da sie sehr ehrgeizig ist, heißt das: lieber früher.« Er paffte einen Rauchkringel in die Luft. »Haben Sie sich nicht gefragt, wie Nora an so gut gefälschte Vollmachten kommen konnte, dass selbst eine versierte Liechtensteiner Treuhänderin darauf hereingefallen ist?«

»Ja«, sagte ich, »das habe ich mich in der Tat gefragt.«

»Nora steht in Kontakt mit Leuten oder Diensten, die über beträchtliche Möglichkeiten verfügen.«

»Reden wir von Geheimdiensten?«

»Womöglich.« Er schaute einem fast perfekten Rauchring hinterher. »Seien Sie vorsichtig, Herr Wilsberg! Sie haben es nicht nur mit Guber und seinen Männern zu tun.«

»Und bei wem stehen Sie auf der Honorarliste? Wer hat Ihnen eine Million Franken Provision dafür gezahlt, dass Sie Guber diskret mit Geld versorgen?«

»Es würde Sie nicht glücklicher machen, wenn Sie es wüssten.«

»Ich will Guber zur Strecke bringen«, sagte ich. »Ich denke, er hat zwei Morde angeordnet, die man ihm wahrscheinlich nicht nachweisen kann. Aber er wäre nicht der Erste, der über dubiose Schweizer oder Liechtensteiner Konten stolpert.«

»Wohl wahr.« Der Bankdirektor lächelte.

»Guber hat Lena entführen lassen«, fuhr ich fort. »Wie können Sie ihn da noch schützen?«

»Er hat mir versichert, dass seine Männer Lena nicht angerührt haben. Aber Sie haben Recht: Damit ist er eindeutig zu weit gegangen.«

»Geben Sie mir den Namen«, bat ich.

Er zog einen Federhalter heraus und schrieb den Namen auf eine Karte, die er mir reichte. »Hoffentlich werden wir das beide überleben.«

Ich steckte die Karte ein. »Danke.«

»Trinken wir noch ein Bier?«, fragte Gessner.

XV

»Wenn das stimmt«, Tobias Olpitz' Stimme zitterte vor Aufregung, »ist das ein ganz dicker Fisch, den Sie da an der Angel haben.«

»Es stimmt«, sagte ich. »Und nun verraten Sie endlich, was Sie herausgefunden haben!«

Wir saßen wieder in dem Café in der münsterschen Innenstadt, in dem wir uns schon einmal getroffen hatten.

Der Journalist beugte sich vor. »Sagt Ihnen der Begriff *Golden Chain* etwas?«

»Nein. Ich nehme an, dass damit keine gewöhnliche goldene Kette gemeint ist.«

»*Golden Chain* ist ein Dokument, das im März 2002 in Bosnien sichergestellt wurde. In ihm sind die zwanzig wichtigsten Geldgeber des Terrornetzwerks al Qaida verzeichnet.«

»Und der Name von Scheich Mohammed al Faruq steht auf dieser Liste«, vermutete ich.

»Ziemlich weit oben, was bedeutet, dass er mehr als nur ein paar Millionen Dollar an al Qaida gespendet hat.«

»Hat er deswegen Ärger bekommen?«

»Nach meinen Informationen lebt er derzeit mit hundert Bediensteten in einem Palast in Doha«, sagte Olpitz. »Sein Privatvermögen wird auf rund zwei Milliarden Dollar geschätzt. Er gehört zur Herrscherfamilie in Katar, sein Bruder ist ein wichtiges Mitglied der Regierung. Mit anderen Worten: Er ist unantastbar.«

»Die Amerikaner lassen sich das gefallen?«

»Ihnen bleibt nichts anderes übrig. Das Zentralkommando der amerikanischen Truppen im Irak steht in Katar. Die Amerikaner können es sich nicht leisten, die dortige Regierung gegen sich aufzubringen.« Olpitz nahm einen Schluck von seiner Apfelschorle. »Aber der Hammer ist die Verbindung zu Guber. Stellen Sie sich die Schlagzeile vor: *Scheich Mohammed sponsert al Qaida und Gottfried Guber.*«

»Klingt gut«, sagte ich.

»Dafür brauche ich aber mehr als Ihr Wort, dass das so ist.«

»Kleiden Sie es in Frageform oder schreiben Sie es als Vermutung!«

»Sind Sie wahnsinnig? Wenn das nach hinten losgeht, kann ich mir einen neuen Job suchen.«

»Ich dachte, Sie wollen einen neuen Job – und sich mit einer guten Geschichte dafür bewerben.«

»Eine gute Geschichte sieht für mich anders aus.«

»Hören Sie zu!«, sagte ich. »Es geht hier auch um meine Sicherheit – und um Ihre, da Sie jetzt eingeweiht sind. Was meinen Sie wohl, was passiert, wenn Guber erfährt, dass wir seinen Geldgeber kennen? Denken Sie an Ihre Kollegin Kathrin Meyer!«

»Scheiße!« Er leckte sich über die Lippen. »Das ist nicht Ihr Ernst?«

»Das ist mein voller Ernst. Wenn alle Welt weiß, was wir wissen, macht es keinen Sinn mehr, uns umzubringen.«

Er atmete flach. »Verdammt! Warum habe ich mich bloß darauf eingelassen? Was ist eigentlich mit der Frau, die Guber angeblich entführt hat?«

»Die halten wir aus der Geschichte raus.«

»Fantastisch«, maulte Olpitz. »Das ist ja wirklich eine bärenstarke Quellenlage. Soll ich schreiben: *Wie aus ge-*

wöhnlich gut unterrichteten Privatdetektivkreisen zu erfahren war ...?«

»Ein bisschen Material kann ich Ihnen anbieten.« Ich legte das Manuskript von Kathrin Meyer auf den Tisch. »Das ist Kathrin Meyers unvollendetes Buch über Guber.«

»Wo haben Sie das her?«

»Spielt keine Rolle. Wenn Sie es lesen, werden Sie feststellen, dass es echt ist. Und hier«, ich legte den Diskettenausdruck auf den Stapel, »sind Belege für Überweisungen einer Schweizer Bank in Höhe von rund sieben Millionen Franken an eine Stiftung *Grünland* in Liechtenstein. Die Daten wurden entwendet. Sehr wahrscheinlich hat Ihre Kollegin Meyer dem Dieb das Datenmaterial abgekauft. Ich nehme an, dass sie zu Guber gefahren ist und ihn provoziert hat. Auf dem Rückweg ist sie dann verunglückt.«

Olpitz schluckte.

»Und das ist noch nicht alles.« Ich legte die von Nora beschafften Papiere obendrauf. »Aus dem hier geht hervor, dass von der Stiftung *Grünland* mehr als vier Millionen Franken an die Firma *NE Industrial Consulting* in Münster geflossen sind.«

»Das ist Gubers Firma.«

»Richtig.«

»Wahnsinn«, sagte er. »Wie sind Sie da drangekommen?«

»Kein Kommentar.«

Er griff nach dem Stapel.

»Moment!«, sagte ich und legte meine Hand auf die Papiere. »Sie kriegen das Material unter zwei Bedingungen.«

»Und die wären?«

»Erstens: Sie veröffentlichen den Artikel frühestens in drei Tagen. Zweitens: Sie bewahren in den nächsten sechsunddreißig Stunden absolutes Stillschweigen, auch

Ihrem Chef und Ihren Kollegen gegenüber. Vor allem dürfen Sie Guber erst nach der Veranstaltung morgen Abend um eine Stellungnahme bitten.«

»Sie meinen die große Wahlkampfkundgebung in der Halle Münsterland?«

»Ja.«

»Wieso? Wollen Sie etwa ...?«

Ich nickte. »Ich werde versuchen, das zu Ende zu bringen, was Kathrin Meyer angefangen hat.«

»In der Höhle des Löwen?«

»Da bin ich relativ sicher. Es werden jede Menge Journalisten und Kameras anwesend sein. Guber kann mich nicht einfach beseitigen lassen. Außerdem steht er vor seinem Auftritt unter Stress. Beste Voraussetzungen, ihn dazu zwingen zu können, sein wahres Gesicht zu zeigen.«

Der Journalist war skeptisch. »Ich finde, der Plan klingt ziemlich verrückt.«

»Keine Sorge«, lächelte ich. »Ich habe einige Ideen, wie ich mich absichern kann.« Ich nahm die Hand von den Papieren. »Ich bin nicht lebensmüde.«

»Da bin ich ja beruhigt.« Er schnappte sich den Stapel. »Ich bin's nämlich auch nicht.«

Er verstaute die Papiere in seiner Tasche und stand auf. »Viel Glück!«

»Danke!«, sagte ich. »Das kann ich brauchen.«

Den nächsten Tag verbrachte ich mit Telefonaten und Vorbereitungen. Die Wahlkampfveranstaltung sollte um neunzehn Uhr beginnen. Um achtzehn Uhr war ich vor der Halle Münsterland.

Da Guber in Münster ein Heimspiel hatte, war die Kundgebung eine der größten, die er während seines

Wahlkampfs geplant hatte. Reisebusse brachten Anhänger aus dem ganzen Münsterland an den Albersloher Weg. An den geröteten Gesichtern war zu erkennen, dass sich viele bereits während der Fahrt in Stimmung getrunken hatten. Auf dem Weg vom Parkplatz zum Halleneingang wurden Lieder und Parolen gegrölt. Es herrschte eine Art Volksfeststimmung.

Die Ordner am Eingang trugen schwarze Overalls, kaum Haare und den stoischen Gesichtsausdruck von Männern, die weniger auf ihre Intelligenz und mehr auf ihre Kraft vertrauen. Ich zeigte ihnen einen gefälschten Journalistenausweis, der keinerlei Reaktion hervorrief. Nachdem sie mich oberflächlich abgetastet und in meine Tragetasche geschaut hatten, ließen sie mich weitergehen.

Von denen, die die Eingangskontrolle ebenfalls schon überwunden hatten, hielten sich die meisten an den Bier- und Bratwurstständen im Foyer auf. Der Saal füllte sich erst langsam. Lange Tischreihen standen vertikal zur Bühne, damit sich Gubers Fans während der Veranstaltung zuprosten konnten. Auf der Bühne war eine in Glitzerkostüme gekleidete Musikcombo mit platinblonder Sängerin noch mit dem Soundcheck beschäftigt.

Die den Journalisten vorbehaltenen Plätze befanden sich direkt vor der Bühne. Hier waren die Stühle weitgehend besetzt, auch zwei Kamerateams hatten schon ihre Arbeitsgeräte aufgebaut. Ich entdeckte Tobias Olpitz, der sich angeregt mit Kollegen unterhielt.

Die Flugblätter, die ich kopiert hatte, waren als Schreibblock getarnt. Falls sich die Ordner den Inhalt meiner Tasche näher angesehen hätten, wäre ihnen erst beim Umblättern der Seiten etwas aufgefallen. Vorausgesetzt, sie konnten lesen.

Ich entfernte die Klebebindung und begann, die Zettel an die Journalisten zu verteilen. In Aufmachung und Inhalt war der Text betont schlicht gehalten. Allenfalls Insider konnten die Andeutungen verstehen. Die Überschrift lautete: *Woher stammt Gubers Geld?* Im Folgenden war zu lesen, dass Guber bezüglich seiner Geldquellen gelogen habe. Die geerbte Firma sei nichts wert und Gubers Vermögen weitaus niedriger, als er behaupte. Tatsächlich, hieß es im Text weiter, würden Guber und die *Demokratische Alternative Deutschland* von einem unbekannten Geldgeber gefördert. Dieser Mann, womöglich ein Ausländer, benutze die DAD, um Einfluss in Deutschland zu gewinnen. Nach einigen Schlenkern kam der Text zu der rhetorischen Schlussfrage: *Ist Guber nur eine Marionette ausländischer Kräfte?*

Berufsbedingt printsüchtig, griffen fast alle Journalisten nach dem Flugblatt. Bald darauf konnte ich sehen, wie sie die Köpfe schüttelten und untereinander kichernd tuschelten. Völlig klar, dass sie mich für einen linken Spinner und Schaumschläger hielten.

Als ich zu Tobias Olpitz kam, schaute er mich fragend an. Ich gab ihm ein Blatt, zwinkerte ihm zu und ging weiter.

Natürlich war die Aktion nicht dazu gedacht, jemanden zu überzeugen. Mit dem Flugblatt wollte ich nur einen einzigen Mann beeindrucken, nämlich Gottfried Guber.

Wie vorausgesehen dauerte es lediglich eine knappe Minute, bis vier Ordnungskräfte, diesmal mit schlecht sitzenden Anzügen und Headsets ausgestattet, auf mich zustürzten. Der Erste riss mir die Flugblätter aus der Hand. Der Zweite schnauzte mich an: »Hier werden keine Flugblätter verteilt, Freundchen! Das hier ist eine Parteiveranstaltung.«

Nummer drei und vier nahmen mich in die Mitte, drehten mir die Arme auf den Rücken und schleiften mich zum Ausgang. Aus den Augenwinkeln beobachtete ich, wie Ordnungskraft Nummer eins mit den restlichen Flugblättern durch eine Tür neben der Bühne verschwand.

Auf dem langen Weg durch den Saal, die Treppe hinunter und dann durchs Foyer war weder mir noch meinen Begleitern nach einem Gespräch zumute. Als wir uns der Eingangskontrolle näherten, sah ich, wie der Oberaufseher der schwarz Overallten aufgeregt in sein Mikro redete. Dann schaute er sich um, entdeckte mich und meine Begleiter und hob die Hand. »Stopp!«

»Was ist?«, fragte der Halter meines rechten Arms irritiert. »Sollen wir den Kerl nicht rausschmeißen?«

»Nein«, sagte der Oberaufseher. »Der Chef will mit ihm sprechen.«

Gottfried Guber erwartete mich in einem großen Raum, der normalerweise als Künstlergarderobe für den Backgroundchor oder das Fußvolk eines Musicals benutzt wurde. Ringsherum an den Wänden standen zahlreiche Schminktische mit beleuchteten Spiegeln.

Guber hatte sein übliches Gefolge dabei. Volker Alvers, der geschniegelte Blondling, lugte über die Schulter seines Idols und auch Horst und sein zupackender Kumpel waren da, glücklicherweise ohne ihre Schäferhunde. Einige Männer und eine Frau, die ich während der Beobachtung von Gubers Villa gesehen hatte und die wohl zur Parteispitze der DAD gehörten, hielten sich dezent im Hintergrund.

Ich schaute mich zufrieden um. »Lange nicht gesehen. Wie läuft's denn so?«

»Was wollen Sie damit bezwecken, Herr Wilsberg?« Guber hob die Hand, in der er das zusammengerollte Flugblatt hielt. »Denken Sie, Sie können mich damit beeindrucken?«

»Das scheint mir ja gelungen zu sein.«

Er grunzte verächtlich. »Ich habe Sie nur kommen lassen, weil ich Sie warnen will. Gehen Sie mir nicht auf die Nerven, Wilsberg! Mit Ihrem Geschreibsel werden Sie keinen Journalisten beeinflussen. Das sind doch nur Latrinengerüchte, die Sie irgendwo aufgeschnappt haben.«

»Hätte ich den Namen Scheich Mohammed al Faruq erwähnen sollen?«

Die Wirkung war beachtlich. Guber griff nach einer Stuhllehne, die er erst beim zweiten Versuch zu fassen bekam. Blondie machte ein erschrockenes Gesicht, Horst und sein Kumpel schauten sich an.

Ein paar Momente lang herrschte absolute Stille. Dann war es Blondie, der sich als Erster fasste. Er drehte sich um und sagte zu den regungslosen DAD-Politikern: »Entschuldigen Sie! Würden Sie uns bitte allein lassen!«

Man sah der DAD-Riege an, dass sie gewohnt war, auf Kommandos zu reagieren. Wortlos und beinahe auf Zehenspitzen verließ die Gruppe den Raum.

Inzwischen hatte sich Guber gefangen. Horst und sein Freund rückten näher. So bildeten wir eine kleine, ungemütliche Runde.

»Woher kennen Sie den Namen?«, fragte Guber mit heiserer Stimme.

»Ganz schön peinlich, dass Sie am Geldtropf eines Mannes hängen, der nebenbei Terroranschläge finanziert«, sagte ich.

»Woher?«, wiederholte Guber.

»Wissen Sie, das erklärt manches, Ihre antisemitischen Ausfälle, zum Beispiel. Ich nehme an, Scheich Mohammed ist der Meinung, dass man den Staat Israel vernichten und die Juden ins Meer treiben sollte. Aber wie werden Ihre anständigen deutschen Wähler reagieren, wenn sie erfahren, wer die Flugblätter in ihren Briefkästen bezahlt hat?«

Horst spannte seine Muskeln an. Guber stoppte ihn mit einer Handbewegung. »Treiben Sie es nicht zu weit, Wilsberg!«

»Sonst?«, fragte ich. »Hetzen Sie mir Ihre Kettenhunde auf den Hals, so wie Sie es bei Simon Konrad und Kathrin Meyer getan haben?«

»Ich habe keine Ahnung, wovon Sie reden.«

»Dann will ich Ihre Erinnerung auffrischen: Simon Konrad ist der Junge, der durch Zufall an eine Diskette mit brisantem Inhalt gekommen ist. Wahrscheinlich hat er selbst nicht gewusst, wie brisant der Inhalt war. Aber er hat die Chance gesehen, die Diskette an eine Journalistin zu verkaufen. Die Journalistin hieß Kathrin Meyer und war seit längerem hinten Ihnen her. Aufgrund der Daten hat sie die richtigen Schlüsse gezogen. Sie hat geahnt, was ich inzwischen sicher weiß: dass Sie Geld von der Stiftung *Grünland* in Liechtenstein erhalten, eine Stiftung, die auf Umwegen von Scheich Mohammed al Faruq eingerichtet wurde. Kathrin Meyer ist zu Ihnen gekommen und hat Ihnen ins Gesicht gesagt, was sie vermutete. Als sie anschließend wegfuhr, wurde sie von der Straße gedrängt, sodass sie tödlich verunglückte. Und weil Sie verhindern wollten, dass Simon Konrad das Material noch an andere Journalisten verkauft, musste auch er sterben.«

»Das ist ja eine herzergreifende Geschichte«, sagte Guber. »Aber was hat sie mit mir zu tun?«

»Wollen Sie behaupten«, ich zeigte auf Horst, »dass er ohne Ihren ausdrücklichen Befehl gehandelt hat?«

Horst sprang vor, verkrallte sich in meinem Hemd und schüttelte mich. »Jetzt bist du zu weit gegangen, du Scheißkerl!«

Sein Schütteln machte es fast unmöglich, einen Satz zu formulieren: »Gibst du zu, dass du den kleinen Simon umgebracht hat?«

»Ich habe ihm seine Scheißpillen in sein verdammtes Maul gestopft, wenn du es genau wissen willst.«

»Horst!«, sagte Blondie warnend.

»Und wie war das mit Kathrin Meyer?«

»Das war ich nicht. Das war Volker.«

»Halt den Mund!«, schrie Blondie.

»Was denn?« Horst wandte sich lässig um. »Der hier wird niemandem was erzählen. Da kannst du sicher sein.«

»Nicht hier, Horst!«, sagte Guber scharf. »Ich habe nichts gehört und nichts gesehen.«

»Keine Sorge, Chef«, grinste Horst. »Wir werden ihn geräuschlos verschwinden lassen.«

Mit etwas Mühe gelang es mir, den Kopf in Gubers Richtung zu drehen. »Ziemlich feige von Ihnen, nicht zu Ihrer Verantwortung zu stehen.«

»Politik ist Krieg«, sagte Guber. »In jedem Krieg gibt es Kollateralschäden. Als General muss ich nicht in allen Einzelheiten wissen, was meine Soldaten tun. Und jetzt entschuldigen Sie mich bitte, Herr Wilsberg! Ich habe gleich eine Rede zu halten.«

Guber wandte sich ab. Im selben Moment trat mir Horst in die Kniekehle. Ich schrie auf und fiel auf den Rücken.

Horst schaute zuerst auf das Stück von meinem Hemd, das er in der Hand hielt, dann auf meine Brust, auf der das Mikro klebte. »Scheiße!«, brüllte er. »Der Typ ist verkabelt.«

»Was?«, schrie Guber.

»Genau«, sagte ich, obwohl mein Kopf dröhnte. »Die Polizei hat alles mitgehört.«

Sekundenbruchteile später wurde die Tür aufgerissen und ein mit Sturmmasken getarntes Sondereinsatzkommando stürzte herein. »Keine Bewegung!«, befahl eine megafonverstärkte Stimme.

Im Prinzip war es das. Keiner der Anwesenden machte den Versuch, zu fliehen oder eine Waffe zu ziehen. Nur Horst bewegte sich. Er holte mit dem Bein aus und trat mir voll gegen den Kopf.

XVI

Von den nächsten Stunden bekam ich nicht viel mit. Das erste Mal wachte ich in einem schaukelnden Krankenwagen auf, das zweite Mal auf einer Trage im Krankenhaus, als mir ein mit Mundschutz maskierter Arzt mitteilte, dass eine Platzwunde an meinem Kopf genäht werden müsse, und mich fragte, welche Art von Betäubung ich wünsche. Das kam mir ziemlich unsinnig vor, da ich mich sowieso betäubt fühlte. Ich überließ ihm die Entscheidung und dämmerte wieder weg.

In der Nacht wachte ich von einem Albtraum auf. In einem konturlosen grauen Raum hatten seltsam aussehende Menschen mich davon zu überzeugen versucht, dass ich eine höhere Bewusstseinsstufe erlangen könnte, wenn ich mir den Kopf amputieren ließe. Selbst im Traum erschien mir das nicht wünschenswert. Ich beharrte darauf, meinen Körper und meine niedrige Bewusstseinsstufe zu behalten.

Aber auch die erreichte ich erst wieder am nächsten Morgen, als ich im Krankenhauszimmer aufwachte. Ich war allein, niemand saß an meinem Bett und war um mein Wohlergehen besorgt. Die Zeiten wurden härter. Wahrscheinlich musste sich Franka um einen wichtigen Fall kümmern, war Stürzenbecher damit beschäftigt, Gottfried Guber zu verhören, und hatte Cordula Deistermann noch nichts von meinem Zusammenstoß mit Horsts Fuß mitbekommen. Andere, die mich besuchen konnten, fielen mir im Moment nicht ein.

Kurz darauf brachte mir eine Krankenschwester das

Frühstück. Ich fragte sie, wann ich das Krankenhaus verlassen könne. Sie sagte, ich müsse erst noch ein paar Untersuchungen über mich ergehen lassen, es bestehe die Gefahr, dass sich in meinem Gehirn Blutgerinnsel gebildet hätten.

Das sah ich ein und widmete mich dem Frühstück. Es schmeckte besser, als es aussah. Vielleicht lag das auch daran, dass ich schon lange nichts mehr gegessen hatte.

Dann bekam ich doch noch Besuch, sogar unerwarteten. Denn es war Nora Gessner, die anklopfte und hereinkam.

»Hallo!«, sagte sie fröhlich. »Wie geht es Ihnen?«

»Einigermaßen«, sagte ich. »Einer von Gubers Schlägern hat meinen Kopf mit einem Fußball verwechselt.«

»Sie Ärmster!« Sie drückte kurz meine Hand. »Trotzdem, Sie haben das ganz großartig gemacht. Ich habe gerade im Radio gehört, dass Guber von allen Ämtern zurückgetreten ist und die DAD vor der Auflösung steht.«

»Nur zurückgetreten?«, wunderte ich mich. »Ist er nicht verhaftet? Wegen Anstiftung zum Mord in zwei Fällen?«

»Das weiß ich nicht. Darüber wurde nichts gesagt.« Sie lächelte. »Hauptsache, er ist politisch erledigt, finden Sie nicht?«

»Das dürfte ganz in Ihrem Sinn sein, nicht wahr?«

Sie zog die Augenbrauen hoch.

»Ihr Vater hat mir einiges über Sie erzählt«, sagte ich. »Es stimmt nicht so richtig mit Ihrer Darstellung überein.«

Nora wirkte verlegen. »Ich musste die Wahrheit ein bisschen verbiegen.«

»Weil ich sonst auf die Idee gekommen wäre, dass Sie mich ausnutzen?«

»Was für ein hässliches Wort!«, protestierte sie. »Immerhin haben Sie der deutschen Gesellschaft einen großen Dienst erwiesen.«

»Und welchen Dienst habe ich Ihnen erwiesen?«

»Ich habe mit Ihrer Hilfe die Bank gerettet«, sagte sie. »Sehen Sie, mein Vater hatte sich zu tief in diesem politischen Sumpf verstrickt. Gewisse Kreise haben mir klar gemacht, dass sie über seine Aktivitäten informiert waren.«

»Gewisse Kreise?«, wiederholte ich. »Meinen Sie den Verfassungsschutz?«

»Darüber darf ich nicht reden. Diese Leute haben mich vor die Wahl gestellt zu kooperieren oder zuzusehen, wie unsere Bank öffentlich geächtet wird. Also habe ich kooperiert und dazu beigetragen, Guber zu demontieren.«

»Sie wussten also von Anfang an über Guber Bescheid?«

»Nein. Zuerst hat man mich nur gewarnt, dass Lena in Gefahr sei. Ich bekam Angst, dass ihr etwas zustoßen könnte. Deshalb habe ich Sie engagiert, glauben Sie mir.«

»Und als Lena dann in Sicherheit war?«

»Da hat man mich gebeten, Sie weiter gegen Guber ermitteln zu lassen.«

»Verstehe. Ich sollte Guber aufscheuchen. Falls die Sache schief gegangen wäre, hätte man die Auftragskette nur bis zu Ihnen verfolgen können.«

Nora holte Luft. »Sie sehen das zu negativ. Sie haben gewonnen, oder? Sind Sie nicht ein bisschen stolz auf sich?«

»Stimmt«, sagte ich. »Ich habe gewonnen. Was wird aus Ihrem Vater?«

»Natürlich muss er Konsequenzen ziehen und von der Leitung der Bank zurücktreten.«

»Ist er damit einverstanden?«

»Ihm bleibt keine andere Wahl. In der Eigentümergemeinschaft von *Egli & Schaaf* hält er nur fünfundzwanzig Prozent der Anteile. Fünfzig Prozent liegen immer noch bei der Familie Schaaf und die ist alles andere als erfreut über die aktuelle Entwicklung. Die letzten fünfundzwanzig Prozent besitzt Tante Ines. Nach der Affäre mit Onkel Manfred hat sie auch kein Interesse an einer öffentlichen Diskussion über die Bank.«

»Und wer wird der neue Chef? Sie?«

Nora nickte. »Ja. Ich werde die Geschäfte übernehmen.«

»Herzlichen Glückwunsch!«

»Danke, auch wenn das ironisch gemeint war.« Sie beugte sich vor und küsste mich auf die Stirn. »Ich verstehe, dass Sie sauer sind, weil ich mit verdeckten Karten gespielt habe. Wenn alles vorüber ist, sollten wir uns mal treffen, finden Sie nicht?«

»Unbedingt«, sagte ich.

»Ich glaube, wir werden uns gut verstehen.«

»Bestimmt.«

Sie ging zur Tür.

»Es war nett, dass Sie mich besucht haben«, sagte ich.

Sie drehte sich um und lächelte. »Ich hatte sowieso noch etwas in Münster zu erledigen.«

»Mit den gewissen Kreisen?«

»Vielleicht. Ach ja, was ich Ihnen noch sagen wollte: Schicken Sie mir ruhig eine gesalzene Rechnung! Bei dem Risiko, das Sie eingegangen sind, ist eine gute Bezahlung mehr als angemessen.«

»Darauf können Sie sich verlassen«, versprach ich.

Bevor sie endgültig gegangen war, hatte ich Nora noch gebeten, dafür zu sorgen, dass das Telefon neben meinem

Bett freigeschaltet wurde. Ich wählte die Nummer vom Polizeipräsidium und ließ mich mit Hauptkommissar Stürzenbecher verbinden. Dass Nora nichts von Gubers Verhaftung gehört hatte, irritierte mich doch sehr.

»Ja«, sagte Stürzenbecher auf meine Frage, »das stimmt. Wir mussten ihn laufen lassen.«

»Aber wieso?«, regte ich mich auf. »Er hat praktisch zugegeben, die Morde befohlen zu haben.«

»So eindeutig lässt sich das der Aufnahme nicht entnehmen«, widersprach der Hauptkommissar. »Guber spricht von Kollateralschäden und davon, dass er nicht alles gewusst hat.«

»Denkst du, seine beiden grenzdebilen Handlanger haben aus eigenem Entschluss gehandelt?«

»Natürlich nicht. Aber zwischen dem, was logisch erscheint, und dem, was juristisch beweisbar ist, liegt eben ein Unterschied. Das muss ich dir als ehemaligem Rechtsverdreher ja nicht erklären.«

Ich schwieg verbittert.

»Sieh mal, Wilsberg«, Stürzenbechers Stimme klang beinahe tröstend, »immerhin kriegen wir Gubers Leibwächter wegen des Mordes an Simon Konrad dran. Wir haben uns den Wohnwagen noch einmal genauer angeguckt und DNA-Spuren entdeckt, mit denen wir nachweisen können, dass die beiden im Wohnwagen waren. In einer ersten Vernehmung haben sie den Mord auch schon zugegeben. Allerdings behaupten sie, dass sie sich das selbst überlegt haben, um ihren Boss zu schützen. Falls sie bei der Aussage bleiben, ist Guber aus dem Schneider.«

»Und was ist mit Blondie?«

»Mit wem?«

»Volker Alvers, Gubers Adjutant. Hast du nicht gehört,

dass Horst ihn beschuldigt hat, Kathrin Meyer von der Straße gedrängt zu haben?«

»Ja«, sagte Stürzenbecher gedehnt, »da hat es eine Panne gegeben.«

»Was für eine Panne?«

»Das Band ist an einigen Stellen unbrauchbar.«

»Was soll das heißen?«, fragte ich wütend.

»Das soll heißen, dass die Aussage, auf die du anspielst, versehentlich gelöscht wurde.«

»Wer hat das Band denn in den Fingern gehabt?«

Er stöhnte. »Du glaubst doch nicht, dass ich dir darauf eine Antwort gebe.«

Ich starrte auf den Hörer. Dann begriff ich. »Volker Alvers ist ein V-Mann des Verfassungsschutzes. Sie haben ihn angeworben oder eingeschleust, um Guber anzuzapfen. Und jetzt schützen sie ihn vor einer Anklage.«

»Ich bin nur ein kleiner Hauptkommissar, der das erfährt, was er erfahren soll.«

»Klasse!«, maulte ich. »Und dafür habe ich meinen Arsch riskiert.«

»Hör mal, Wilsberg!« Stürzenbecher war ehrlich geknickt. »Mir geht das genauso gegen den Strich wie dir. Am liebsten würde ich Guber und seine Bagage einbuchten. Aber mir sind die Hände gebunden.«

Am späten Nachmittag durfte ich nach Hause gehen. Auf meinem Briefkasten lag ein Päckchen. Es tickte nicht und sah auch viel zu schmal für eine Bombe aus, trotzdem war ich etwas nervös, als ich die Klebebänder entfernte.

Das Päckchen enthielt eine Miniatur von Lena Gessner, ein rotes, wütend wirkendes Strichmännchen, das gegen unscharf konturierte, fratzenhafte Wesen kämpfte.

Auf der beiliegenden Karte stand: *Alles Gute, Schnüffler!*

Ich war gerührt.

Noch während ich das Bild betrachtete, klingelte es an der Wohnungstür. Entgegen meiner sonstigen Gewohnheit schaute ich erst durch den Spion, bevor ich öffnete. Dann ließ ich Franka herein.

»Ich habe schon von deinen Heldentaten gehört«, sagte Franka.

»Die leider ganz unheldenhaft im Krankenhaus endeten«, ergänzte ich.

Sie betrachtete die genähte Wunde. »Das ist doch nur ein Kratzer, oder?«

»So kann man es auch sehen. Du bist also nicht gekommen, weil du dir Sorgen um mich gemacht hast?«

»Nein. Ich meine, selbstverständlich interessiert es mich, wie es dir geht.« Ihre Augen bekamen einen Ausdruck, der fast jedes Männerherz weich geklopft hätte. »Dieser Detektiv, den ich engagiert habe ...«

Ich lachte. »Er ist ein Versager, stimmt's?«

»Ja, er hat es versiebt. Und jetzt drängt die Zeit, mein Mandant wird langsam ungeduldig. Du musst mir helfen, Georg.«

»Ich finde, ich habe einen Urlaub verdient«, sagte ich. »Die letzten Wochen waren ziemlich hart, außerdem habe ich ausnahmsweise mal genug auf dem Konto, um mir ein paar Wochen Italien leisten zu können. Vielleicht mache ich vorher noch einen Abstecher nach Zürich.«

»Um Nora Gessner zu besuchen?«

»Nein. Eher ihre Schwester.« Ich zeigte Franka die Miniatur. »Das hat mir Lena geschenkt.«

Franka warf einen unkonzentrierten Blick auf das Bild. »Nett, wirklich. Georg, ich will dich nicht von deinem

Urlaub abhalten, du sollst ihn nur um eine Woche verschieben. Bis dahin hast du den Auftrag längst erledigt. Habe ich schon erwähnt, dass er sehr gut bezahlt wird?«

Ich stöhnte. »Eine Woche. Keinen Tag länger. Ist das klar?«

»Völlig klar«, sagte Franka.